DARIA BUNKO

恋廻り

川琴ゆい華

ILLUSTRATION yoco

ILLUSTRATION
yoco

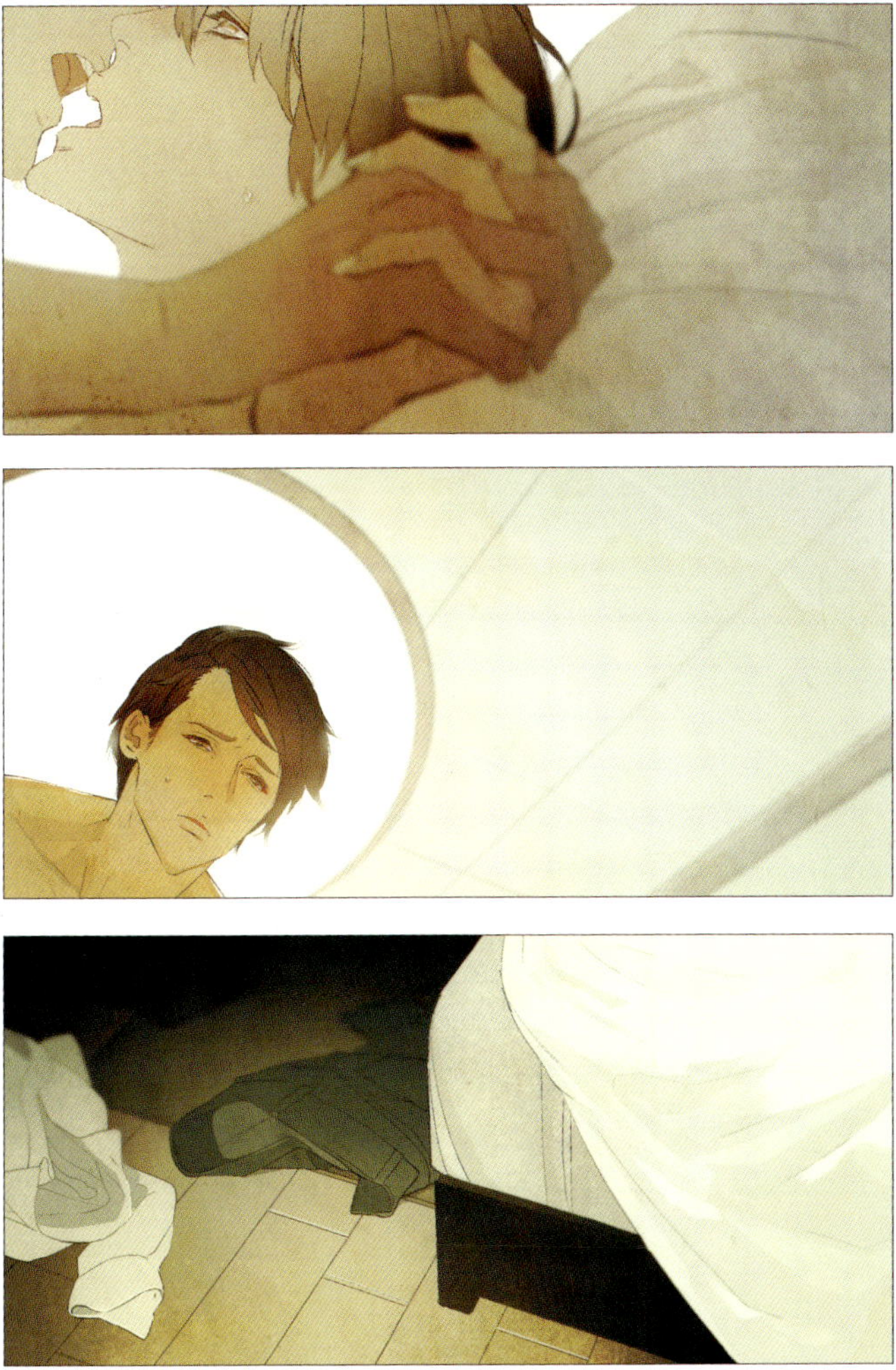

手を繋いで、くちづけながら甘ったるい言葉と声をこぼす唇を舐め合う。

（本文より抜粋）

CONTENTS

この作品はフィクションです。
実在の人物・団体・事件などに一切関係ありません。

恋廻り

教科書の隅に、五秒足らずの短い物語。

親指の腹でページのかどを下に弾《はじ》いていくとそこに――黒猫がこちらを振り向いた直後に身をひるがえして天へ駆け上がり、宙《そら》からキラキラの星屑が降ってくる――いわゆるパラパラ漫画が現れる。

教科書の厚みは二十五ミリ。そのかどがわずかに反《そ》っているのは、何度も何度も負荷をかけて捲《めく》るせいだ。

モノクロの世界に、星だけを黄色で描いた。頭の中の動画をペン先に落として、イメージをより忠実に具現化できると軽く高揚する。これが楽しくて描くことをやめられない。

登壇する教授の講義をＢＧＭにしながら最後の絵を仕上げ、由弦《ゆづる》は小さく息をついた。

小中学生がよくやる遊びだが、由弦の場合は大学三年の今でも続いている。平面ではなく3D映像に見えるように描いているところが小学生のそれとはわけが違う、と差別化をアピールしたところで、これはあくまでも個人の趣味なのだけど。

「こら」

咎《とが》める声にどきっとして顔を上げる。いつの間にか隣に座っていたのは慧太《けいた》だった。

「びっくりした……お前何やってんの」

この講義は一年が履修《りしゅう》する科目じゃないからだ。ひそひそ声で顔を寄せると、慧太は途端に涅色《くりいろ》の眸《ひとみ》をとろりとさせる。

「次のコマまで暇だったから」

暇だとしても他にすることは山ほどあるはずなのに、慧太は由弦の隣を選ぶ。

今だって慧太の両目にまるで「好き、好き」と文字が浮かんでいるみたいで、「その顔、どうにかしろよ」と突っ込まずにいられないと由弦はつねづね思うのだが、他の人間にはそう見えないらしい。

木訥《ぼくとつ》でクール、が小田切《おだぎり》慧太に対する周囲の評価で、由弦も出会った当初は彼の独特の雰囲気に少し緊張していた。特別に意識していた証拠かもしれないが。

返す言葉を考えあぐねているうちに、由弦の手元の教科書を「見せて」と奪われた。

教科書のかどを指で弾いて、二度三度とパラパラ漫画を眺める慧太の横顔に見蕩《みと》れる。すっと高い鼻筋から繋《つな》がる唇にはうっすらと笑みが浮かんでいた。

「綺麗……」

そう呟《つぶや》いて顔を上げた慧太の眸が再び由弦を捉《とら》えて、甘く絡みつく。

――俺は今、いったいどんな顔をしているんだろうか。

「こういうのも好き」

たっぷりとはちみつを含んだような声に脳髄まで溶かされそうになった。いつもは色をたくさん使って描くからモノクロにワンカラーが新鮮に映るってことだ、と自戒する。

そうやってどうにかやりすごしたのに。デニムのサイドステッチを意味もなく弄《いじ》っていた手に、唐突に慧太の指が絡みついた。親指と人差し指の間に慧太の薬指と小指が滑り込み、手の甲を覆うように重なるまではあっという間。

「今日、由弦さんち行っていい？」

問いかけなのにノーを受け入れるつもりはないと伝わる、芯《しん》のある声だ。

そう思うのは、拒否できないことに誂《あつら》え向きの言い訳が欲しいからだろうか。

握ってくる慧太の手に力がこもる。本気で振り払おうと思えばできる強さだけれど、誰も、自分でさえこれをほどけないのだと分かっていた。

もう。あなたが描くものが好きとか何かのはぐらかしの言葉じゃなくて、はっきりと自分に向けられた「好き」が欲しいのだ。

＊＊＊＊＊

「由弦せーんぱい」

呼ばれて薄く目を開く。

このところ寝不足ぎみで、うっかり居眠りしてしまったと慌てた気分はすぐさま失速した。仕事中でも何かの会議中でもなく、ここは自室のベッドだ。誰かが、あいつが——ここにいるはずはない。そもそもあいつは「由弦先輩」なんて殊勝な呼び方をしなかった。

ずしりと肩にのしかかるような冷たい夜の静寂。目線の先にある時計は午前三時になろうとしている。由弦はベッドの中で、再び目を閉じた。

あいつ、って誰だっけ——軽く混乱する。今、夢に出てきた男の顔と、名前を呼んだ声は一致しない気がするのだ。

顔を顰《しか》めて寝返りを打ち、夢うつつの奇妙な感覚を追いやる。

きっと昨晩の、同僚の言葉が刺さっているせいで眠りが浅いのだろう。

去り際、彼は「踏み込もうとするとさらっと逃げられるから、もう諦めるよ」と苦笑いしていた。言葉をなくしているうちに「じゃあね、おやすみ、また明日」と、これまでどおり仕事絡みのオトモダチ関係を約束する助け船を出させてしまって……。

――由弦の心にいるのは、好きな人？　それとも忘れられない人？

ずいぶん前から由弦の答えは「そんな人いないよ」が常套句《じょうとうく》だったが、好意を寄せてくれた彼についに呆《あき》れられたのだ。

――分かった。きみの心に誰かがいるんじゃなくて、心の真ん中のところだけ日本に置きっぱなしなんだな。だから僕に興味すら湧かないいんだよね。

彼の指摘は正しくて、由弦の答えは壊れたラジオのようにまともな言葉にならなかった。彼が言うには、心の真ん中には柔らかで甘くて優しくてどろどろでじんじんするものが入っているらしい。それはときどき自分勝手に飛び出してきて、手に負えないときがあるんだと笑っていた。抽象的な表現ではあったけれど、由弦にはそれがよく分かっていた。

「由弦先輩！」

はっきりと聞こえた声に、由弦はばちんと目を開いて今度こそ覚醒した。途端に瞬間凝固剤で固められたみたいに身体《からだ》がこわばる。まったく身動きが取れない。

――か、金縛りっ？

霊感なんてない。得体の知れない恐怖に駆られ、心臓はばくばくと騒がしい。

「もう、起きてくださいよ。由弦先輩」

絶対に見ちゃいけないのかもしれないが、これを無視して再び眠れるはずもなく、声がした方へ目を向けるしかない。しかし、これ以上は首がうしろへ回らないのだ。

「あれっ、金縛り？　おかしいな……僕、幽霊じゃないのに」

よっこらせ、と呑気《のんき》な声とともにその主が由弦の目の前に立った。ゆっくりと目線を上げる。カーテンの隙間からさしこむ深夜の月明かりもここまでは届かない。だけど暗さに目が慣れてくると、ベッドのすぐ傍《そば》に立つ人の姿を認識できた。

絞り出すように「……絢人《あやと》……？」とどうにかその男の名を呼ぶ。

「由弦先輩、お久しぶりです」

これは夢なのか。

関《せき》絢人は、高校そして大学と、由弦のふたつ下の後輩だった。

絢人は日本にいるはずだ。ここがニューヨークだという地理的なことだけじゃなく、独り暮らしの部屋になぜか他人がいる不可解な事態に動けないまま唖然《あぜん》とする。

「思い込みかなんかだと思うけどな、その金縛り。逆らって力んじゃだめですよ。肩の力抜いてリラックスして。自分がスライムかアイスクリームにでもなったつもりで」

スライムかアイスクリームって。

緊張感のない比喩に脱力する。それと同時に全身のこわばりがとけた。由弦がほっと息をつく姿を見て、絢人も安堵《あんど》した表情になる。

「よかった。金縛りの直し方とか知らないし」

そう言って手を差し出されても、気軽にそれを掴む気がしない。すると絢人は出していた手を引っ込めた。

「……そりゃ、気味悪いですよね」

「……ほんとに、絢人……？」

信じられないのだ。やけにリアルな夢かもしれない、とまだ思っている。

絢人は「そうですよ」と軽く頷《うなず》いた。肯定されても納得できず、探るように窺《うかが》うばかりで時間だけがすぎる。

この異常事態はすぐに終わりそうもない。ずっと寝転がっているわけにもいかず、由弦は身体を起こした。するとそのあいたところに座っていいかとベッドを指《さ》され、あれこれ考える間もなく頷いた。絢人は由弦の横に腰掛けて微笑《ほほえ》んでくる。だけど、ベッドが重みでへこまない。実体がないのだ。まるで絢人のホログラムがそこにあるような。

不可解さと不気味さに、ぞくっと背筋が震えた。

「ここ、ニューヨークですよね。不思議なかんじ。どこでも好きなところに行けちゃうから便利だし、瞬間移動なんて子供の頃の夢が叶って、そこは嬉しいけど」

絢人の声が少し暗くなり、じわりと、漠然としたいやな予感に身を覆われる。

「僕、由弦先輩を迎えに来たんです」

「迎え……？」

咄嗟《とっさ》に、死ぬんだろうか、という思いが頭をよぎる。もしかして自分は死にかけていて、絢人の魂が「迎えに来た」と言っているのだろうか、と。だとすると絢人はもう死――……。

緊張と、わずかな恐怖心もあって指先が冷たくなる。

「さっき由弦先輩の頭の中を、心を、覗《のぞ》かせてもらいました」

「……さっき……？」

「寝ぼけてたとき」

どきっとした直後に、体温が上がった気がした。静かに見透かす眸で心臓の辺りを凝視される。

由弦は無意識に胸の真ん中を手で隠すようにした。さっきから乱高下《らんこうげ》するそこは忙《せわ》しなく動悸している。

「大学やめてニューヨークに来て新しい出会いだってあったのに、うまくいかなかったんですね」

心の真ん中のところだけ日本に置きっぱなしなんだな、と指摘されたら納得するくらい、この二年の間ただの一度も恋愛する気にはならなかった。

絢人の指が由弦の手にそっと触れ――生ぬるい空気だけがふわりと、皮膚を掠《かす》める。

「由弦先輩は……過去をやり直したいと思いませんか?」

「……過去?」

「僕が魔法使いなら由弦先輩が望むところに今すぐ行かせてあげられるのに。それはできないんです」

「言ってる意味が分からない」

「過去に……だったら、魂だけ連れて行ってあげられる。大学をやめて日本を離れる前の由弦先輩に戻れるんです」

唐突な申し出は突拍子もないものだった。

「魂だけ過去に……って、タイムリープでもする気?」

「身体はここに置いたまま由弦先輩の心がトリップするから、厳密にいうと逆行ってことになるかな」

つまり、過去の自分に乗り移るのだろうか。

「そういうことです。過去の由弦先輩に、今の由弦先輩が成り代わる」

声に出していない疑問に返事をされてぎょっとする。理解を超えた状態でこうもはっきりと断言されると、タイムリープなんてできるわけがないという現実的なほうへ、なぜか頭が働かない。

「過去に行ったって」

どうなるんだ。終わってしまったことに対して、何ができるというんだろう。

「過去に戻るんだから、過去の世界では現在進行形。終わってません。でも展開や結末を由弦先輩だけが知ってる。由弦先輩次第で、後悔してることをもう一度、やり直せるかもしれませんよ」

「やり直せるって……」

さっき絢人は、由弦の考えや心を覗けるのだと言った。つまり、いまだに恋愛から遠ざかっていることも、二年前に置いてきた心の真ん中のことも、全部絢人に知られている。

過去の栄光を回顧したり悔悟《かいご》の気持ちから、あの頃に戻れるなら、と考える人もいるだろう。しかし強がりではなく、由弦はそれを望まない。

「あんな恋はもう二度とできないって思ってるんでしょう？」

「そう思うことと、戻ってどうにかしたいっていうのは別だろ。タイムリープできたとして、人は人の気持ちを操作なんかできないよ」

慧太のほうから、離れたのだ。それを追いかけて問い詰めたり縋《すが》ったりはできなかった。ノンケがいつかマジョリティに戻るのは由弦にとって法則みたいなもので、そうなるのが案外早かったなというだけだ。それが慧太の答えなんだと最後は納得するしかなかった。ただ時間の短さは恋の濃度とは関係なくて、由弦の中に深く沈んで静かに横たわっている。

――同じ恋を何度繰り返したって、やり直せるはずがない。

それに絢人が指摘するように、終わった恋が由弦にとって最上だったとして、それは一生の秘密にするつもりだ。この先過去を上書きできるどんな出会いがあろうと誰にも話す気はないし、覆《くつがえ》しようのない思い出を神様だって咎めることなんかできない。

由弦の言葉に、絢人がゆっくりと首を横に振る。

「由弦先輩は真実を知らない。だから僕が過去に連れていってあげます」

「……絢人が一緒に行くってこと？」

タイムリープなんて突飛《とっぴ》すぎると頭の隅で思いながら、半信半疑で問いかけた。夢ならいつか醒めるだろうし、本当に今際《いまわ》の際《きわ》ならば、思い残すことがないようにという神様の計らいかもしれない。

「僕があっちで直接おしえてあげられたらいいんですけど、僕は過去の世界にはとどまれない。なので、由弦先輩には手で触れた相手の心の声が聞こえる力を分けてあげます。つまり、自分で真実を探って、その目で確かめるんです。そして自分の思いどおりに……」

過去を変えてしまえばいい、と耳元で妖しく絢人の声が響いた。

真実、などと思わせぶりなことを言われても、それが何かを知ったからって結局他人を操れるものじゃないだろうと、やはり否定的な考えしか浮かばない。

しかし可能なことがひとつある。

――好きにならなければいい。

人の気持ちは変えられないのだから、自分自身をコントロールする。心の真ん中を明け渡さない。嫌われる努力をこれまでの人生でしたことはないが、できるかぎり会わないように慧太との接点を断ち、話すのすら苦痛になるくらいに冷たくふるまえば進展しようがないはず。

好きにならなかったら、せめて友だちでいられたかもしれない。慧太の創るものを間近で、もっとずっと見ていたかった。恋なんてしてしまったから、今は見守ることすらできないのだ。

由弦の手に触れたまま心を読んでいた絢人が、そっと瞼《まぶた》を上げる。

「裏を返せば、そんなふうに考えるくらい由弦先輩は今でも慧太を好きってことですよね」

「ときどき思い出すだけで、想い続けてるってのは違う……と思う。それでも、もし過去に戻れるっていうなら、今よりマシにしたいだけ」

うんざりするくらいに続く長い人生にリセットボタンを押すチャンスを与えられたなら、今度は恋などしない結末に導けばいい。

「でも、タイムリープなんてほんとにできんの？」

できる、と答えが返ってきても到底信じられやしないけど。目の前に絢人がいるというこれが超常現象だったとして、どうにか「不思議な体験をしたな」と振り返られるレベルだ。

由弦の問いかけに、絢人は「できます」と頷いた。

「由弦先輩、行ってくれますか?」

突飛すぎて後先考えることに意味があるのかと思いながら、「できる」と答えた絢人に首肯《しゅこう》するしかない気がしてそうした。

「よかった、僕の提案を由弦先輩が受け入れてくれて。どうしてもいやだって言われたら、僕は死んでも死にきれない」

冗談とも取れるほどさらりと言われて、すぐに言葉を返せない。

――絢人は……死んだの?

由弦の問いかけが届かないタイミングで、絢人の手が離れた。

「ゆっくりしていられないから行きましょう。由弦先輩と慧太が出会った二年八カ月前、二〇一三年の春に。由弦先輩は次に目が覚めたら大学の部室にいますよ」

急激に瞼が重くなる。声はするのに、絢人がどこにいるのか分からない。

このまま眠って目が覚めたら、いつもの朝に決まってる――そう思うのに、妙な胸騒ぎと不安感が強い。

すうっと気が遠退《とおの》いて、起き上がってられない……と思うのと同時に、由弦は意識を手放した。

＊＊＊＊＊

「由弦せーんぱい」

呼ばれてはっと目を開く。咄嗟に身体を起こした弾《はず》みで、座っていた椅子ががたりと音を立てた。

アウトドアサークルの部室。辺りを見回すとサークルの女の子たちから「由弦くんめっちゃ寝てたね」と笑われている。

「あ……」

目を開ける前はニューヨークの自室にいて、十二月初旬の真夜中だったはずなのに。ふと見た窓の外は陽の光が柔らかな空に、桜の花びらがひらりひらりと舞っている。

二年八カ月前の春、由弦は大学三年で、絢人と慧太は一年だった。

タイムリープなんてどうせありえない、と狐疑《こぎ》して絢人の誘いを受け入れてしまったものの、本当に過去へ連れてこられたのか。それとも夢の続きか。頭がまだぼんやり濁《にご》っているかんじがする。

——まさか。いや……ありえない。

のろのろと腕を動かし、自分の着ている服に触れた。ミルクベージュのシェルボタンがついたシャツ……だいぶくたびれて捨てたはずだ。左手首にリューズが壊れる前のオメガのアンティーク。シャンパンピンクのフェイスにディープネイビーの革ベルトで一九六〇年代製造、祖母の形見だった。

ポケットを探ると古い型のスマホが出てきた。真っ黒な画面に上がり目尻の、紛《まご》うかたなき自分の顔が映っている。容姿にたいした変化はないのは当然だ。

アプリをタップすると、表示されたのは二〇一三年のカレンダー。

ここは二年八カ月前の世界——それを決定付けるいくつかの証拠から目を逸《そ》らせない。

「由弦くん？　起きてる？　大丈夫？」

女の子のひとりに問いかけられて顔を上げた。そのややこわばった表情の由弦を見て、女の子たちが「え、どうしたの？」と心配している。

「……今日って、何年、何月何日？」

「二〇一三年だよ、四月十日」

スマホを見てもまだどこか信じられないのだ。

「二〇一三……」

過去と現実との照合に戸惑《とまど》っていると、女の子から「待ってるよ？」とドアのほうを指された。覚えのある展開におそるおそるそちらへ頭を動かす。

「由弦先輩！　僕さっきから呼んでます～」

明るい笑顔で手を振る絢人が、部室のドアのところに立っていた。大きく胸が跳ねて、脳は忙しなく過去の記憶を探る。

大学の入学式から数えて三日目、二〇一三年四月十日。

絢人に「教科書を譲ってほしい」とお願いされたのだ。でもその相手は絢人じゃなくて……。

「教科書を譲ってもらう件で、友だち連れてきました」

絢人は同校出身で、先輩後輩の間柄だ。それほど深い付き合いはなかったけれど、入学式で同じ大学に入ったと知って連絡先を交換しあった。

座っている椅子の脇に紙袋があり、上から覗くと教科書が入っている。一、二年次だけ使うものを三冊。どれも一冊五千円からと高額だ。先輩に譲ってもらったり、中古品を購入する学生は多い。

ドアの向こうには、教科書を譲ってもらうために小田切慧太がいる――ぼんやりしているうちに自然に身体が動いて紙袋の持ち手を掴んで立ち上がった。

過去の自分が、動いているのだ。今の自分の自由になるんじゃないのか、と内心で慌てて（とまれ！）と強く念じると、数歩進んだところでとまった。

完全に今の自分の意思だけで行動できるわけじゃないということなんだろうか。放っておけば過去の出来事をなぞってしまうのかもしれない。

いつまでも動かない由弦に、絢人が目を瞬かせている。タイムリープさせた張本人だ。しかしあそこに立っている彼は、由弦の枕元に現れたときの絢人ではない。二年八カ月前の絢人。

「由弦先輩？」

ドアの前まで行けば、慧太を紹介される。

このままここから逃げ出すか、それとも「教科書は譲れなくなった」と強引に断るか。でもその理由は？　それにこの数日前に譲渡を快諾《かいだく》しておいて、問答無用で覆すのはなんとも気分が悪い。逃げたところで急場をしのぐだけ、解決策じゃない。

最初から嫌われるくらい冷たくふるまえばいいと分かっているのに、心が揺れる。教科書くらいでそこまでひどいことをしなくてもいいんじゃないかと思えてくる。

考えがブレると過去の自分に引き摺られ、再び身体が勝手に動き出した。紙袋を手に脚は絢人の方へ向かう。

――とにかく教科書は渡そう。お礼も何もいらない。使い終わっていらなくなったら好きにしていいから、と。

このあとに起こることを知っているからこその、状況にそぐわない緊張を漲《みなぎ》らせている。

絢人が横に――慧太がいるはずの方向へ目線を向けて、「ほら」と手招く仕草をした。

心臓がばくばくと鳴っている。

タイプリープしているのが本当だとして、例えば、時空が歪《ゆが》むとか何か不測の事態でぜんぜん別の、慧太がいないパラレルワールドに飛ばされていたりしないだろうか。昔、楽しみに読んでいた少年漫画に、そういうストーリーがあったじゃないか。

まったく知らない世界に来ていたら……ぜんぜん別の人生を歩むことになる？

幾ばくかの恐怖心、この状況をどう受けとめていいのか分からない焦燥感《しょうそうかん》。自分が本当は何を望んでいるのか、混沌として纏《まと》めきれない。

「教科書を譲ってもらう、慧太」

絢人に腕を引っ張られて、慧太がドアから顔を覗かせた。

慧太の涅色の眸が由弦を捉えて、心臓が潰されそうなくらいにぎゅっと縮こまる。かっと血が滾《たぎ》り、体温が上昇する。

「……で、こちらが、同じ芸術学科三年の由弦先輩」

絢人の紹介で慧太が「はじめまして」と会釈してきて、由弦もぎこちなく挨拶を返した。

由弦からしたら離れてから二年ぶりに見る、二年八カ月前の慧太だ。決して大きくはないのに引き込まれるような目力があり、目元になんともいえない色気が漂っている。すっと通った鼻筋、薄い頬にかたちのいい唇、クールな顔立ちだ。ノリが良くてパッと目を惹《ひ》く分かりやすいイケメンの陰で、複数の女の子たちに目を付けられてモテていたのを思い出す。

慧太と一度目が合ったら、時間がとまったみたいに動けなくなった。彼には不思議な引力があるのだ。見つめ合った刹那に、窓の外で揺れるケヤキの葉や木漏れ日までも彼の立ち姿と一緒に脳裏に焼き付けられた。

どうにか目線を外したら、慧太の服装が目に入った。ロゴ入りのTシャツに太めのデニム、羽織《はお》りのシャツを無造作に持った左腕にスポーツタイプの腕時計、肩にはでかいリュック。

――このTシャツ、初めて会った日にも着てたのか。

かあっと耳まで熱くなる。よみがえる記憶には匂いまで付いているようで、思わず息が上がりそうになった。

全身が喘《あえ》いでいる。身体のあちこちがざわつく。好きな人を前にしたときの、どうにもコントロール不能になる状態を久しぶりに実感した。当時は、イイ男だなぁ、と思っただけだったのに、身体のほうが今この瞬間の精神に引っ張られている。

慧太と会わなくなって、恋は終わっていた。うまくいかない部分もあったけれど、仕事に追われる日々でそれなりに生きていた。でもそう思い込もうとして必死だっただけかもしれない。だって実際は、凍結していた感情が瞬時によみがえるような感覚だ。

――好きにならない！

戒《いまし》めを心の中で叫ぶ。なんのためにここへ来たのか。過去を変えるためだ。傷つくと分かっているのに、同じことを繰り返したくない。

慧太を前にして乱れる気分をとにかく落ち着けるためには相当な努力が必要で、由弦はついに完全に俯《うつむ》いてしまった。

「由弦先輩？　具合悪いんですか？」

絢人に顔を覗き込まれて、ずっと茫然《ぼうぜん》としているわけにもいかず「……いや」とぎこちなく苦笑いする。とにかくタイムリープしているのは事実で、ここで自分は自分をどうにかしなければならない。

しょっぱなからこんなで、この先いったいどうなるんだろう。不安しかないのに、もとの世界に帰るにはどうしたらいいのか訊《き》いていない。そもそも帰る手段はあるのだろうか。

「教科書、べつにお金とかいらないから」

当時も「お金はいらない」と遠慮したけれど、こんな乱暴な言い方じゃなかった。

慧太は黙ったままで、絢人が「えっ？　でも」と声を上げる。

ぐずぐずしていられずに、慧太じゃなくて絢人に教科書を押しつけた。

「とにかくいらないから」

驚いている絢人と、表情を変えない慧太に背を向けたとき、「あの！」と呼びとめられた。

慧太の声に射貫《いぬ》かれたみたいに動けなくなる。振り向きもせずにややあって、「何」とぶっきらぼうに返した。

「教科書、ありがとうございます。でも高価なものだからタダってわけには……せめて学食のメシを何回分かくらい」

「いらない」

自分でいやな気分になるほど相当かんじが悪い態度だ。普段人当たりのいい対応を目にしている女の子たちも「由弦くん、どうしたんだろ」とこそこそ言い合っている。

でも最初にこれくらいやって繋がりを絶っておかないと。

「由弦先輩、メシくらい奢《おご》らせてやってくださいよ〜。慧太めっちゃまじめなんだから、タダで貰《もら》うとかできないよな？」

——そんなこと言われなくたって知ってる。慧太は実直で、素直で、内側に静かな情熱を秘めた男だ。そんなヤツだからこそ、本当は傷つけたくない。

絢人の言葉に後ろ髪を引かれる思いでいると、背後にいたはずの慧太が前に回り込んできたから驚いた。思わず半歩下がり硬直して、慧太の顔に釘付けになる。慧太は「あの……」と何か言いかけて、じっと見つめてきた。

「絢人からあなたの話を聞いていて」

「……話？」

「だから会ったことないのに知ってるっていうか……、あ、そうじゃなくて。顔とかは知らなかったけど、あの……」

なんかキモイこと言ってる、と自分で自分の失言を悔やんでいる慧太は、パッと見のクール

さを裏切った表情になっている。由弦も見ちゃいけないものを見てしまった気分で反応に戸惑った。

狼狽《ろうばい》した挙げ句に慧太から出た言葉は。

「……あの、一緒にお昼食べませんか」

それを聞いて誰が反応するより早く絢人が噴き出した。由弦も慧太からのストレートすぎる誘いにぎょっとする。当時は「お礼にランチ」との慧太からの申し出を素直に受けたから、こんなデートのお誘いみたいな恥ずかしい展開ではなかった。

「わはっ、慧太がナンパしてんの初めて見た、ウケルー」

大げさに笑う絢人に振り向いて、「俺の何を話したんだ」と八つ当たりする。

「僕の二個上の先輩で、絵がめっちゃうまくて、綺麗な顔したイケメンで、あとはー……」

「いや、もういい。とにかくお礼はいらないから」

用事があるし、と強引に会話を終わらせて部室前から早足で離れた。約束をする気はないのだし、いつまでもここにいたって「お礼がしたい」「必要ない」の堂々巡りになる。

「由弦先輩ー?」

駆け出すのと同時に、呼びとめようとする絢人の声は聞こえないふりをするしかなかった。

過去を、さっそく少しだけ変えてしまった。この小さな齟齬《そご》がこのあとにどう影響するのかなんて分からない。

とにかくどうにかして慧太との繋がりを絶たなければ——由弦の頭にあるのはただそれだけだった。

困ったことが起こったのはその翌日だ。課題を提出したら教授に雑用を頼まれてしまい、ひとり遅れて学食でランチタイムのとき。

「……あのっ」

顔を上げると少しばかり頬を紅潮させた慧太が目の前にいた。そしてなんの断りもなくその椅子を引いて座る慧太の動きを目で追うことしかできない。

「教科書、見ました」

咄嗟になんのことか気付いて、いやな予感でいっぱいになった。

顰《しか》め面《つら》の目線をうどんの器に戻して、もくもくと食べる作業を再開する。

「すごいなって思って、あのパラパラ漫画。なんか立体的だったし」

「…………」

失敗した。教科書のお礼、にばかり気を取られていた。

教科書がきっかけというより、その隅に由弦がこつこつと描き込んでいたパラパラ漫画に慧太は興味を持ったらしい。当時も慧太は由弦のその趣味を褒めてくれていたけれど、最初はこういうアプローチじゃなかったのだ。

確認もせず、勢いでまた教科書をそのまま譲ってしまったから――……。

きのうはタイムリープした直後で、そんなところまで気が回らなかったのだから仕方ない。

「教科書三冊、上にも下にもパラパラ漫画が描き込んであって」

「そんなに興奮されるほどのものでもない」

慧太ははっとしたような顔をした。興奮、と表現するにはおおよそほど遠い慧太の声と音量。だけど普段の慧太よりちょっと早口だ。自分には分かる。

「何回も捲ってみました。他にも、ありますか？」

控えめで穏やかな口調なのに、押しが強い。こちらが断ち切ろうとする糸を必死で繋げようとしてくる。でも繋ぐわけにいかない。

普通の人間ならこの辺で折れるし、そもそも自分の趣味に興味を持たれている時点でいやな気分にはならないから「いいよ」と受け入れるだろう。

「ないから。小学生がよくやる遊び、ラクガキだろ」

由弦に冷たく返されて慧太は目に見えてがっかりし、小さく息をついた。これで諦めたかと思いきや、慧太は目の前から動かない。

早くどこかへ行ってくれないか。

目障《めざわ》りだといわんばかりの問いに慧太は一瞬ためらったものの、こちらをじっと見据《みす》えてくる。

「……まだ何かあるの」

目障《めざわ》りだといわんばかりの問いに慧太は一瞬ためらったものの、こちらをじっと見据《みす》えてくる。

「もしかして教科書を譲るのが、絢人じゃなかったから？　すぐに『いいよ』って言ってくれたから大丈夫って、絢人から聞いてたんですけど……。絢人は最初から新品買う気だって言ってたし……でも、なんか邪魔とかしてたらすみません」

「邪魔？　って何」

「……絢人だからこそ譲るつもりだったのかな、って。後輩思いの優しい先輩なんだって、かわいがってもらってたって、絢人から聞いてたし」

「……あぁ……そういう……」

考えてみればこの頃の慧太は、由弦がゲイだとは知らないのだ。快諾の手のひらを返したせいで絢人に恋愛感情を抱いていると曲解されたかもなんて慌てて、ちょっと不自然な反応をしてしまったかもしれない。

焦《あせ》りで冷静さを欠いてしまう。

誤解されてでもむしろ嫌われるべきだという考えは、あっけなく吹き飛んでいた。

「その……きのうはちょっと……具合悪かったんだ。変な対応して申し訳なかったなって自分でも……」

取って付けたような嘘は白々しく、歯切れが悪い返しになってしまった。それ以上の追及がなくても、自然と目線が下がる。

「じゃあ、由弦さんの教科書は俺が貰っていいってことで」

いきなりの「由弦さん」呼びに顔を上げた。

「あ、すみません、名字を聞いてなくて。でも……もう、そう呼ばせてください」

慧太は今更許可を取る気はないらしい。

当時も慧太はこんなふうにこちらの反応を待たず、または気付いていても知らん顔で、がんがん距離を詰めてきた。経緯は少し違っていても、この辺りは過去をなぞる展開になっている。

――どうしよう。過去を変えたところで、軌道修正されるのか。それじゃあ堂々巡り、過去の繰り返しになってしまうのでは？

「それ、どうぞ食べてください。伸びちゃいます」

うどんを指されて、思い出したように箸を動かす。しかしいっこうに慧太は目の前から消えてくれない。

「……そこにいる気……」

「食後に、アイスとかどうかなって。けっこう暑いですし。やっぱり、お礼くらいさせてください」

「ほんとに……」

いらない、と言いかけて声が萎《しぼ》んだ。きのうはかんじが悪かったというようなお詫《わ》びの言葉を口にしておいてまだ断るなんて、自分が強情で悪者に思えてくる。いや、実際その域だ。それに、たかがアイスくらいを意固地になり、はたして望む結果に導けるのだろうか。

慧太を避けるのが、こんなに苦痛な行為だとは思ってもみなかった。

「教科書、大事に使わせてもらいます。パラパラ漫画も気に入ったし」

言うだけ言って、慧太は目の前でスマホの画面を弄り始めた。まだ食事をしているこっちに気を使っているのかもしれない。

そういえばふたりでいるとき、慧太はほとんどスマホを手に持たなかった。由弦がしばらくスマホを操作しているときですら、じゃあ自分も、とはならなかった。由弦の身体のどこかに触れて、ときどき耳にいたずらをしてくるくらいで。

耳が、じんとする。

「痒《かゆ》くないですか？」

いきなり問われて「え？」と顔を上げる。

慧太は自分の耳殻《じかく》をさして「この辺」と悪気なく問いかけてくる。「べつに」と短く答えて、うどんを啜《すす》ることに集中した。

「耳、赤いから」

早く食べ終わりたい。でもまだかやくおにぎりがひとつ残っている。とてもじゃないけれど慧太を目の前にして、そんな喉に詰まりそうな物を食べる気はうせていた。

「……食べる？　かやくおにぎり」

「え、いいスか？」

慧太は素直に「いただきます」とそれを右手で掴んで、ひとくちで三分の一ほどに噛みついた。残りもあっという間に。男らしい食べっぷりで指先の米粒まで取ると、「あ……奢る前にまた貰っちゃいました」とまじめな表情で言うからおかしくて、つい頬が緩《ゆる》んでしまう。

慧太は話し方がぶっきらぼうで、喜怒哀楽の表現が控えめで、言葉数もそんなに多くない。付き合いの浅い人たちから「不機嫌」「冷たそう」と誤解されるのがつねだった。だから慧太が喜んでるとか、照れてるのを見抜けると嬉しかったし、もしかして慧太がそういう表情をうっすらとでも見せているのは自分だけなのかもなんて優越感を抱いたりしていた。

少しだけ笑ってしまった顔を慧太がじっと見つめてくる。

見られているのを意識しながら緩んだ頬を引き締め、でも無視してうどんを啜る。

結局、食べ終わるのを見計らって慧太からカップアイスを差し出され、諦めて受け取った。これで貸し借りナシになるのはいいけれど、そのまま持ち帰れないので今食べるしかない。

慧太が買ってきたのは抹茶フレーバー。学食に置いてあるカップアイスはバニラとチョコと抹茶で、由弦はいつも抹茶をチョイスしていた。

「あんまり甘すぎるのは苦手だって絢人から聞いて。俺のバニラと交換してもいいですけど」

「……いや、抹茶がいい」

由弦のために抹茶を選んだ理由を告げられてそこは納得できたものの、一緒に食べるのはちょっと……と考えているうちに慧太はもとの場所に座って、自分の分を開封している。プラスチックのスプーンを手に「溶けますよ」と促《うなが》してきて、由弦は複雑な思いで上蓋《うわぶた》を取った。

――さっさと食べてここを離れよう。

「アウトドアサークルって、キャンプしたりするんですか」

慧太は運動部から熱心な勧誘を受けていて最初は迷っていたものの、結局アウトドアサークルに入る。それを阻止する手立てはあるだろうか。

「海岸のゴミ拾い、体力勝負のボランティア、アルプスに登るとか、東京マラソン参加とか、けっこうきついやつ」

嘘じゃないけれど、アルプスに登るのはごく一部の登山愛好家の人間だ。活動のほとんどはレジャーやスポーツ後の飲み会まで込みで、『健康的な飲みサー』と評されている。

慧太は飲み好きでもなければ、アウトドアではしゃぐタイプでもない。それでも、由弦がいたからという理由だけで入会したのだと、付き合い始めてから聞いた。

「でもそれ、参加する・しないは自由ですよね」

もっともな問いに黙していると、由弦の背後からアウトドアサークルのリーダーが顔を出した。いつの間にかうしろの席にいたらしく、たまたま話を聞いていたようだ。

「もちろん自由だよ。電車で各駅停車の旅、原チャリの旅、ママチャリの会、お散歩会……いろいろある。自分で企画出してもいいしね。それに新歓花見、新歓バーベキュー……四月は新歓活動目白押しだよ。とりあえずサークル活動を体験してみる、ってのもアリ。そのあとで入会するか決めていいから」

『四月、五月の新歓活動スケジュール』と題されたプリントを手渡されて、慧太はじっとそれに見入っている。

「新歓花見……今日なんですね」

「当日の飛び入り参加大歓迎だよ。Ｓ２１４教室がサークルの部室で集合場所。気が向いたらぜひ」

慧太はプリントから由弦に目線を移して何か言いたげにしている。

「由弦も来るよ」

リーダーが勝手に答えたので「えっ？」と驚きの声を上げてそちらへ振り向いた。

「えっ、じゃないよ。当たり前だろ。由弦が新歓花見の幹事なんだから」

当時は、もともとアウトドアサークルに入るつもりの絢人に誘われて慧太もついてきたのだ。

過去と流れは違っているのに、結果的に同じところへ導かれている。

逃げ道は一本もなく、どうあがいても自分では運命の歯車をとめられないのだろうか。

でも由弦の枕元へ現れた絢人は「真実を探って、過去を変えてしまえばいい」と言ったのだ。

変えられるから、こちらの世界へ自分をいざなったのではなかったのか。

——自分の気持ちがブレているから……？

過去の想いが強すぎて、その波に逆らいきれずにいるせいなのかもしれない。

このままじゃいけない。焦るのに、すでに濁流《だくりゅう》に足を取られている気がした。


場所取りの先発チーム、買い出し荷物持ちチームなど役割分担し、新入生たちをリーダーが引率して花見会場の公園へ向かう。

そっちの新入生チームと一緒に行動すればいいのに、慧太と絢人は由弦が率いる買い出しチームのほうに入った。

過去を知っていて抵抗しても、なかなか由弦の思い通りにいかない。

この買い出しだって「人手は少ないより多いほうがいいでしょう?」という慧太の申し出があって、「気がきくな〜、由弦が細っこい腕してるから助けてやってよ」とリーダーから完全に預けられてしまい逃げられなかったのだ。そこに「じゃあ僕も行く」と由弦より腕っぷしが細い絢人もついてきた。

ふたりきりではなくサークルメンバーが複数いるから、慧太になるべく関わらないように避けていればどうにかなるだろうと考えるしかない。

過去を変えて、好きにならないようにしようと意識すればするほど、望まないほうへ向かう気がする。

うまくいかないことにわずかな疲労感を覚えつつ、アルコール類の陳列棚の陰で由弦はそっとため息をついた。

買い出しチームの女の子たちは新入生の慧太たちに「何飲みたい？」「ビール？　カクテル系？」と訊いている。由弦の隣にいた桑原《くわはら》が耳ざとく、そちらへ「おい」と声をかけた。

「現役なら十九だろ。大学側とうちのリーダーから『未成年には絶対飲ませんな命令』出てんの。去年、未成年じゃなかったけどばかやって急性アルコール中毒者出して廃部になったとこあったからな。今はほら、ビールでもカクテルでもノンアルの種類めっちゃ出てるから」

ちょっと前までは未成年だろうが大学の新歓では飲酒するのが当たり前の風潮だったが、今はイッキコールや飲酒強要も禁止されている。アウトドアサークルは健康的でまじめな飲みサー、だと最初に分かってもらうという、リーダーの意向もあるのだろう。

「その分ほら、今年は由弦ちゃんがちょいがんばって飲むはず」

「俺そんな飲めないって」

慌てて否定すると、絢人が笑った。

「由弦先輩はビールでけっこう酔うんだよ。カクテルは見た目でアルコール度数が分からずに騙されるから飲まないようにしてるって」

「絢人」

勝手に慧太に情報を落としている絢人をとめると、「まともそうな人間に言っとけばきっと助けてくれますよ」と気遣いを主張される。たしかに絢人の言うとおり、時間が経《た》って酒が進むとみんな適当になって、知らず知らずのうちに強い酒を飲まされていたりするのだ。

慧太の視線を感じながら、リストに書かれたビールやらリキュールやらをカートに入れていく。四リットルペットボトル入り焼酎に手を伸ばしたとき、背後からぬっと慧太の腕が出てきてそれを持ち上げ、「これ一本でいいスか」と問われた。

「に、二本」

うしろだから驚いた顔は見られずにすんだけれど、声が上擦《うわず》ってしまった。

「水もいりますよね」

「水は二リットル入り六本」

続いて慧太は水一ケースを軽々と抱えて、カートの下段に載せる。さりげなく要所で動く慧太に周囲は「男前ー」と高評価だ。ついてきた女の子たちも色めき立っている。

「飲料用の氷は発泡クーラーのほうに入れて、酒類とかナマモノは保冷剤と一緒に緑のクーラーボックスに」

指示しながら、ふと思い出した。当時と同じ言葉をなぞっていたのだ。

このあと、桑原の車のトランクに買い込んだ荷物を積み入れ、桑原と由弦以外の買い出しメンバーは現地へ電車で移動する。

「もう買い忘れない？　載せるのこれで全部？」

桑原の問いかけで買い物・荷物リストに目を通していると、「段差で足くじいた〜」と女の子が声を上げた。

桑原の助手席には由弦ではなくその子が乗ることになり、いやな予感に苦い気持ちになる。

電車は相手との距離が近付く乗り物だ。狭い乗用車で隣り合うのと違って逃げ場はあるけれど、そうすると慧太を不自然に避けているのが丸分かりになってしまう。

――なるべく慧太に近付きたくないのに。

トランクに入りきらない荷物を後部座席にも載せながら、慧太が桑原に「花見の帰り、よかったら俺が運転しましょうか」と声をかけた。

「マジで？　あとで家族に来てもらおうかと思ってたんだけど。小田切は免許持ち？」

慧太は頷いて「実家の仕事で車使ってるんで、運転は慣れてます」と答えている。

「お、それは助かる！」

二年八カ月前の流れのとおりだ。このままだと由弦はこの日酔い潰れて、慧太が運転する桑原の車の後部座席で寝入ってしまう。酔った桑原を送り届けたあと、慧太は桑原の車に由弦を乗せたまま自宅へ連れ帰るのだ。その日は慧太の部屋に泊まり、それがきっかけですっかりなつかれる——などと同じことを繰り返すわけにいかない。

とにかく酔わないようにして、今日は絶対に電車で帰る。飲酒を強要するメンバーじゃないから自分さえしっかりしていれば無理に飲まされる心配はないのだし、幹事はみんなのお世話をしなきゃならない、と主張すればいい。

桑原の車を見送って駅のほうへ歩き出してしばらく経ったところで、由弦は「あ」と小さく声を上げた。

「ごめん、買い忘れたものがある」

振り向いた絢人に「途中で買えるものですか」と問われて「いや」と首を振る。

「さっきの店がたぶん安いし、他を探すより戻るほうが早い」

先に現地へ行って、とみんなに告げて、由弦はもと来た道を引き返した。

同じ電車に乗るのすら避けるなんてだいぶ悪あがきのような気がするけれど、思いつく限りのことをやらないと過去に引き摺られて呑《の》まれそうなのだ。実際、今も望まない方向へ誘われている気がしてならない。

女の子が足をくじいたアクシデントも、その流れの中でおこったのではないかと思えてしまう。

強引に過去を変えようとしたせいで生まれた歪みをどこかで修正するため、自分以外の誰かに災いが降りかかるのはいやだ。

——それに例えば、今こうして嘘をついてまでひとりで店に戻るふりをしても、電車が遅れて由弦が追いつき、結局一緒に乗ることになるとか……。

「由弦さん」

ぎょっとして振り向くと、そこにいたのは慧太だった。

「え……何やってんの」

「なんか、気になって。俺、荷物持ちだし」

——リーダーに荷物持ちを任されたからって、そうまでして全《まっと》うする？

「そんな非力じゃない」

慧太の腕の辺りを一瞥《いちべつ》して言った。慧太は家族が営むガラス工芸工房で作業を手伝っているために、とくに上半身に綺麗な筋肉がついている。もともとの体格差もあるけれど、彼からしたら自分が貧弱に見えるのは認めるが。

恥ずかしい以上に思いどおりに避けられないのが腹立たしく、由弦は顔を顰めた。

「あ、すみません。そういうつもりじゃなくて。ひとりよりふたりがいいかなって」

「ウコンドリンク買うだけなのに」

「ウコン……あぁ、そうだったんだ」

缶ジュースより小さなボトル。手ぶらで行くわけにいかないから、買うつもりでいたのだ。

あきらめ半分でさっきまでいた店に向かって歩きだすと、慧太が横に並んだ。

「効くんですか、あれ」

「……飲む前に飲んどくと、なんとなくいいような気がして」

すると慧太は肩を揺らして静かに笑っている。慧太が大笑いするのは見たことなくて、これが最上だ。

「……なんか変？」

「そのドリンク剤をぜんぜん信用してないみたいだから」

どことなく楽しげな横顔を盗み見て、隣に気付かれないようにため息を落とす。

由弦が慧太を遠ざけようとすれば、向こうからやってくる。堂々巡りから抜け出せない。

それから戻った店でウコンドリンクを三本、手に取った。春の陽気というには暑い中を無駄に歩いたせいで喉が渇いて、すぐ近くに置いてあったスポーツ飲料も。

慧太に「ウコン三本？」と訊かれたので、「ほかに飲みたいやつがいるかもしれないし」と答えた。

「絢人が、人のこと褒めるの珍しいなって思ってたけど、なんか分かる気がする。由弦さんはきっと誰にでも分け隔《へだ》てなく優しい」

「誰にでもってわけじゃ……」

これは恋愛対象が同性ゆえに穏便に過ごそうとした末のクセで、処世術みたいなものだ。無邪気ないい人の生まれ持った柔らかさとは違う気がするから、慧太のまっすぐな反応を受けとめるのはちょっとどうしろめたい。

たかがウコンを余分に買ったというだけで慧太は好意的に受けとめるし、もうどうしろっていうんだ、と苛立《いらだ》ちと焦りに心を乱されつつペットボトルをカゴに放り込んだ。

慧太の言動をいちいち意識して、過剰に反応する自分に疲れる。

「確実に、サークルの人たちと絢人には優しい。絢人は『自分はひとりっ子でわがまま。人のこと褒めるの苦手なのに褒めてほしいタイプだ』って言って」

「で、『友だちはたくさんいるけど親友って呼べる人間はひとりしかいない』って俺に言う。

……つまりそれって、け……小田切のことだったんだな」

「慧太でいいです。……そんなふうにいう絢人が由弦さんを褒めるから」

「俺だってひとりっ子なんだけど」

また慧太が笑っている。たまらず由弦は早足でレジに向かった。

カゴの中でがらがらと音を立てるドリンク。頭の中は「名前で呼んでいいと言われてしまったけどどうしよう」でいっぱいだ。分け隔てなく優しい人、なんて評価はどうでもいい。慧太との距離を縮めたくない。

レジを抜けて今度こそ駅へ向かう。緊張も相まってスポーツ飲料を半分くらいごくごくと飲んだ。

「すみません、俺もそれ貰っていいスか」

「え？」

「喉渇いて。今日暑いですよね」

手元のスポーツ飲料を見下ろしてぐらっとする。

答えに詰まると、慧太が気を使ったのか「駅に着いたら由弦さんのをもう一本買うので」とフォローされてしまった。

「いや、いいよ」

やる、と慧太の胸元にペットボトルを押し付けた瞬間、【同じ飲み口に、俺が口付けるのいやなのかな】と耳に声が届いた。

「え？」

慧太の胸元から目線を上げると、慧太も「え？」と問い返してくる。その声と、さっき聞こえた声は何かが少しだけ違う気がした。

「由弦さん……これ残り全部、貰っていいんですよね」

【きょとん顔、年上に見えない】

「は？　えっ？」

慧太の唇が動いていないときに、慧太の話し声が薄いフィルターを隔てたみたいにちょっとこもって聞こえるのだ。

混乱したまま怖くなってそこから手を離した。ペットボトルは慧太の手にしっかり収まっている。

「え……なんですか？　俺……変なこと言ってますか？」

由弦のおかしな反応に、さすがの慧太も戸惑っている。

すっかり忘れていた。ニューヨークで絢人が枕元に立ったとき言ったのだ。

手で触れた相手の心の声が聞こえる力を分けてあげます。つまり、自分で真実を探って、その目で確かめるんです。そして自分の思いどおりに……過去を変えてしまえばいい――と。

「由弦さん？」

「……なんでもない」

よろりと一瞬身体が傾《かし》いで、どうにか踏みとどまった。気を取り直し、再び駅に向かって足を進める。

ペットボトル越しではあったけれど、慧太の心の声が届いたのだろうか。つまり、未来を知っている上に、他人の心の声を聞くことができる。

直接身体に触れなくても、互いが接触している物体越しなら伝わるのだろうか。

――それともほんとは指先が身体のどこかに触れてた？

咄嗟のことで、ちゃんと思い出せない。

ペットボトルの中身の浸透率は関係あるんだろうか。ゴムみたいに衝撃や電気を吸収したり通さなかったりする素材だとどうなんだろうか……なんてばかなことまで考えてしまう。

——とにかく、このことを悟られないようにしなければ……。

人の心の声を盗み聞きするのだ。そんなつもりがあるなしに関係なく、触れている間は聞こえてしまう。

たとえ誰かに咎められなくても、禁忌《きんき》の力なのだといううしろめたさを感じていた。


歯車に巻き込まれたみたいに、引いても押してもその力には抗《あらが》えない。

あがき疲れて、由弦はついにその場にとどまった。

新歓花見と称したコンパで、新入生を迎えたサークルのメンバー二十数名、だいぶいびつな車座になって集合している。当然のように由弦の隣には慧太、その隣に絢人……と続く並びだ。

ブルーシートの真ん中には、から揚げや菓子、アルコールやソフトドリンクが置かれた。

頭上の桜を「綺麗～」と最初に見上げたきりだが、花見とはそういうものだ。

由弦も桜どころじゃない。

離れて座ろうとしてもいつの間にかするっと慧太が滑り込んできて、そのタイミングでリーダーが「はい、全員いったん着席ー」と号令をかけたから動けなくなってしまった。こんな大勢の前であんまりあからさまに避ける態度は取れない。

——宴会が始まる前からなんか疲労困憊《こんぱい》……。

慧太と花見会場へ向かう電車に乗ってからも、小さな攻防で異様に疲れたのだ。

◆

最初は距離を取って立っていたのに、電車に揺られ乗客に押され……とわたわたしているうちに、慧太とぴったりくっつくかたちになった。

【細いな……由弦さん】

さっきのペットボトル越しみたいに物を隔てたときとは違って、直接触れ合っているときの心の声は口元を見ていないと混乱しそうなほど明瞭だった。

【つかまってくれたらいいのに】【あ、また耳赤い……】【最初見た時も思ったけど、その耳とか首筋とか、なんか……なんか触りたくなるな】

出会って間もないのに、しれっとした顔でもうそんなこと思ってたのかよ！　とびっくりした。

「いつから好きだった？」との由弦の問いに、慧太は「けっこう早くから」と答えてくれただけで具体的じゃなかったのだ。

盗み聞き同然で知らされるくらいなら、最初っからエロい目で見てた、と冗談みたいに言われたほうがまだマシだった。自分にだけ聞こえて、それに反論もツッコミも入れられない。ただただ受けとめるしかなく、由弦は電車に揺られながらひたすら俯くしかなかった。

◆

サークルリーダーの挨拶を聞いている慧太の横顔をちらりと窺う。

——ストレートのくせに……。

慧太は女の子を恋愛対象にする普通の男だから、当時は完全に油断していた。この頃は由弦自身、同性との恋愛経験はあってもまだ想い想われる恋愛に嵌《は》まったことがなかった。同類との恋愛も難しいのに、ノンケが好きになってくれるなんて夢みたいな話だ。そういうイメージとか伝聞でしかなかったけれど、同類のノンケとの実体験話を聞けばどれも納得のいくものだった。

ノンケは魔が差してとか、物珍しさと刺激に目がくらんでいっときは夢中になっても、その多くはいつかノーマルな恋愛に戻る。世間の目や親や兄弟との関係、仕事を含めて社会的な地位や立場が絡んでくると、マイノリティの恋愛が足枷《あしかせ》になるのだろう。足枷の鍵はいつも彼のその手の中にあって、自らの意思ではずす日が来るのだと。

同類相手に失恋するより心を抉《えぐ》られる気がして、由弦はノンケを相手にしないと決めていた。

——分かってたことなのに、どうしてとめられなかったんだろうな。

恋愛以外の部分や日常生活に余計な波風を立てたくないので、同じ大学の人間も恋愛対象にしないでおこうと思っていたくらいだ。

好きにならないほうがいい、好きにならないようにしよう……そう思っていたのは今もあの頃も同じはず。


——今度こそ。慧太と恋をしない。


「今日の幹事は美学芸学科三年の嘉島《かしま》由弦」

リーダーの紹介にはっとすると、乾杯前にひとこと挨拶をと促された。

「煽《あお》りコールはナシ、一発芸とすべらない話の無茶ブリはどんどんやってください。あ、でも他の花見客もいるから脱ぎ芸だけはここでは勘弁な」

そんなアウトドアサークルの掟《おきて》を掲げた宴会は盛り上がった。

一発芸やらすべらない話で全員が一体となって騒いでいるあいだはまだマシだ。やがて個々に席を移動しはじめ、車座の輪がいくつか出来上がってくる。

左側に座る慧太を背中で意識しながら由弦は右隣のメンバーと話をした。目の前に座る人と酒を酌《く》み交わしつつ、その会話になかなか集中できない。

新入生が固まって座っていたから、そこにはかわるがわるメンバーが寄ってきて、慧太のようなお試し参加者を勧誘したり、サークル活動中の失敗談や英雄伝説を披露したりしていた。

明るい笑い声が上がり、ときには話をこちらに振られ、左側の話題に適度にのって再び背を向ける。

なんだか頭がくらくらしてきて、由弦は顔を顰めた。あんまりアルコールは飲んでいないはずなのにおかしい。

「あれ～由弦先輩、けっこう強いの飲んでる。これ8パーありますよ？」

「……え？」

絢人から指摘されて手元を見るとノンアルコールカクテルのはずがソーダ割りの缶チューハイに化けていた。

「え……なんで……？」

未成年と飲めない人のために、ノンアルとは分けて保冷しておいたはずだ。それに、これほどアルコールが強ければ味で気付きそうなもの。当時は明らかに飲みすぎて悪酔いしたから、同じ轍《てつ》を踏むわけにいかないと最初から注意していたのに――などとあれこれ考えたところで飲んでしまったアルコールは戻せない。

そうと気付いたらよけいに酔いが回った。

視界が揺れる。息が上がる。自分の身体なのに思いどおりに動かせないと気付いてから焦っても手遅れだ。

「おい由弦、大丈夫か」

桑原の声が聞こえる。頭がぐらぐらで、頷きたい意図は伝わるのか。

桑原の手が身体に触れる手前で「大丈夫」とどうにか言葉にした。大丈夫じゃないけれど、このあと桑原の車に乗る流れは避けたい。どこかその辺のベンチにでも放置してくれないだろうか。そこで酔いを醒まして帰ればいいだけのことだ。

そろそろお開きにするかー、と遠くで声がする。最後の乾杯にどうにか参加したら力尽きた。片づけはいいからベンチに座ってろ、とリーダーに命じられ、全員が宴会の後始末にいそしむ間、申し訳ない気持ちで寝ころんでいた。

——これじゃあ前と同じ展開になる……。

仰向《あおむ》けで見上げると桜の花が揺れている。

自分の視界があやしいだけかもしれないが、ぼんやり滲《にじ》んで綺麗だ。

風に煽られ散らされた花びらが由弦の顔にも舞い落ちてきて目を瞑《つむ》る。花びらが瞼の上にのった感覚があって、それに向かって手を動かしたら指先が一瞬何かに当たった。

「動かないで。目を閉じてて。瞼に桜の花びらが」

目を開けなくても、声で分かる。

まるで氷になる魔法でもかけられたみたいに身体が硬直する。由弦が中途半端なところに手を翳《かざ》したまま無言でいると、瞼に冷たい慧太の指先が触れた。そこに心臓が移動したかと思うほど、どくどくと疼《うず》いて熱くなる。

【花びらなんかつけて……、なんか、かわいいな】

知り合って間もない年下になんてことを言われてるんだと驚いたけれど、それは指先から伝わる慧太の心の声だった。心の声だから、直接言われるよりずっと恥ずかしい。

でも慧太の冷たい指先が気持ちいいのもあって、抵抗はしなかった。

「取れました」

魔法はとけ、そっと瞼を上げる。

「……大丈夫ですか？」

ベンチの背もたれに右手をついて見下ろしてくる男の顔を懐かしい気持ちで見つめた。手を伸ばしたい衝動に駆られる。首筋に腕を巻き付けて引き寄せたくなる。身体をぴたりと重ねれば、とてつもなく安心できる気がした。

あの頃も「あぁ……きっといつかそうなる」となんの根拠もなく予感したのだ。身を焦《こ》がすような大恋愛に憧れて夢見すぎていたのかもしれない。そうなる運命だとか定められた宿命だとか、自分に都合のいいありがちな恋の勘違いを、神様からの予告みたいに真《ま》に受けて。

「え……笑ってる？　どうしたんですか？」

「……いや……」

痛みを忘れて何度だって繰り返すつもりだろうか、と考えると笑えたのだ。

慧太の腕を押しのけて身を起こす。「帰る」と告げて足を地面につけると、視界が大きく回転した。ぐにゃりとよろめいた身体を支えられ、帰りたい一心で「離せ」と抵抗するのに、言っているこことがまるで通じないみたいに慧太の腕が絡みついてくる。

「桑原さん、車に由弦さんも乗せていいですか」

「おう、いいよ」

筋書きどおりに勝手に話が進む。「ちょっと休めばひとりで帰れる」との訴えが届かないのは、もしかすると自分が分からないだけで呂律《ろれつ》が回っていないのだろうか。

「由弦先輩、歩けますか？」

傍で聞こえた絢人の声を探って手を伸ばす。絢人と一緒に帰りたい。とにかく慧太から離れたい。

「帰る……」

「由弦さん、無理だって」

「……っ、……う……」

自分が何を言ったのか、朦朧《もうろう》としている。うまくいかない。涙が滲む。

あまり飲まないつもりでいたのに、どうしてこんなことになっているのだろう。

ばたばたと無様にあがくばかりで前に進めないような、まるで夢の中にいるみたいだ。もしかするとタイムリープなんてありえなくて、絢人が枕元に立ったあの時からずっと夢を見続けているのだろうか。

だったらもう、好きなようにしたらいい。未来とか過去とか現実とか、全部放り投げて今この瞬間を思いのままに動けばいい——混濁《こんだく》した頭が、考えることも抗いも、もろもろを放棄する。

気持ちの糸を切って強く支えてくれるものに身を預けると、それだけで幸せな心地がした。

ゆらゆら揺れる。

「由弦さん、起きてますか?」

慧太に背負われ、いくらなんでも重いだろうなと申し訳なく思いつつも、意識はあるけれどこうしていたくて、わざと返事をしなかった。

【由弦さんち……絢人に訊けば分かるだろうけど。うちに連れて帰ったら怒るかな】

——こいつ最初っから確信犯だったのか。

「そういえば……満開の桜からは、桜の香りはしないんですね。あ、なんか……桜餅食べたい」

聞こえていてもいなくてもいいというような問いかけと、どうせ聞こえてないだろうと完全に油断しての独り言だ。揺られながら、慧太の背中でにんまりと頬がゆるむ。

かつても、慧太はこんなふうに由弦に語りかけたのだろうか。記憶に残っていないのは覚えていないだけで、現実にあったのかもしれない。

――あれは桜の葉や花を塩漬けにしないと出ない香りなんだ、って今度おしえてやろう。

多くを語らなくても心地よい距離で隣にいて、立ち止まったらただ黙って手を引いてどこまでも連れて行ってくれそうな慧太の力強さが好きだった。

どんなふうに好きだったか忘れていたのに、過去をなぞることでより強く焼き付けられる気がする。

たとえばタイムリープじゃなくて生まれ変わって再び慧太と出会ったとしても、きっとまたおんなじように想うのだろう。

ここにはない桜の匂いを想像し、慧太が揺らすゆりかごの中で由弦は意識もろとも揺蕩《たゆた》いながら眠りに落ちた。


その夜、夢に絢人が現れた。由弦をタイムリープさせたほうの絢人だ。

絢人の周りは真っ暗で、胸の辺りから顔までがぼんやりと浮かんで見えて、どこに立っているのか分からない。

「案外タイムリープを楽しんでくれてるみたいですね。過去をもう一度経験すると、当時は分からなかったことが見えたり、知れたりするでしょう?」

絢人はにこりと微笑んでいる。

だけどそのためにタイムリープしたわけじゃない。

「過去を変えようとしても、変えられないんだ。軌道修正されてしまうのか、気付いたら過去と同じ結末に導かれてる……。どうして? 過去を変えればいいって言ったの、絢人だろ?」

由弦の問いに、絢人は「うーん」と眉を顰めた。

「変えられないことはないですよ。でも由弦先輩が何かを迷ったり、戸惑いがあるうちは、いくら行動しても過去を覆せない。過去の事実に負けるんです。過去を変えることで誰かが不幸になり、その代わりに誰かが幸運を掴むかもしれない。そうなってもいいと覚悟して強く願わないと、過去は変えられません」

穏やかじゃない話に、由弦は顔色を変えた。

「……誰かが犠牲になるかもしれないってこと?」

すぐに思い出したのは、花見の買い出しで女の子が足を捻挫《ねんざ》した件だ。

「由弦先輩の目に見える範囲、気付かないところでも、由弦先輩が過去とは違う行動をするたびに、どこかに歪みが生じています」

「えっ……?」

「その影響を受けるのは由弦先輩自身か、知っている人か、どこかの知らない誰かかもしれない。些細《ささい》なことかもしれないし、世界を揺るがす何かを、由弦先輩の願望が引き起こすのかも……というのはちょっと大げさかな。でも、その規模が大きくても小さくても、当事者にとっては人生を左右する出来事かもしれないですよね。そんなの僕にだって分かりません」

「そんな……」

思いもよらない後出しにぎょっとした。それほど大事な話を、どうしてタイムリープしてしまったあとに明かすのか。

絢人は様子を窺うように由弦を見つめてくる。試されているようないやな気分でいっぱいだ。

「由弦先輩が過去にあったことを変えようとすると、もとに戻そうとする力が働くんです。本来は、過去を変えちゃいけないから。それを強い願いでねじ曲げれば、過去を変えられます、という話です」

つまり、誰かを不幸にしてまでは……なんて柔《やわ》い覚悟でしかないなら、実際に過去を変えることはできないのだ。

「……それを黙ってたのは、どうして」

「だってそんなのタイムリープの常識でしょう？　結局、過去は変えられないんです。過去を改変するともとに戻れなくなるって、昔から何度も語られてきたセオリーじゃないですか。でもそんな話をしちゃったら、タイムリープすることを許してくれないでしょう？」

「それじゃあ……変えられないと分かってて、なんのために！」

「僕は最初に言いました。由弦先輩が自分で真実を探って、その目で確かめるんです——って」

じゃあ、過去の自分をただもう一度なぞって体感しろということなのか。

「いやだ……」

「そう言われても、僕が由弦先輩に知ってほしい真実のところまでは行ってもらわないと」

「もとの世界に帰る方法を知ってるんだろっ？」

連れて来たのだから、連れて帰れるはずだ。

「知りません」

「いいかげんにしろよ。それも嘘なんだろ？」

絢人は首を横に振るばかりだ。騙してまでタイムリープさせたのだし、たとえ知っていてもおしえるつもりなんかないのだろう。

「由弦先輩、ごめんなさい。僕の最後の願いなんだ。じゃないと……」

「……なんなんだよいったい……。最後ってなんだよ。意味深なこと言って、いきなり現れて、こんなことして、なんになるんだ」

絢人は「ごめんなさい」と繰り返すばかりだ。騙しておいて殊勝な態度を見せるなんて、何か言えない事情があるんじゃないかとこちらが追及を遠慮せざるを得なくなるし、そんなのはズルいじゃないか。

絢人は最後も「ごめんなさい」と呟いて、由弦の前から消えた。

最初に感じたのが鈍い頭痛。布団の中で悶《もだ》えているうちに胃がむかむかしてくる――典型的な二日酔いの症状で目覚め、重たい瞼をようやく上げて辺りの景色にはっとした。

サイドボードの上に、慧太の腕時計とスマホが置いてある。

慧太の家だ。二年八カ月前のこの日、初めて慧太の部屋に泊まった。

ベッドから見回すかぎり、慧太はいない。

普通の人なら飲みつぶれるほどの飲酒量ではなかったけれど、由弦にとってはアルコール度数8パーセントの缶チューハイは大打撃だった。

当時はこの部屋へ辿《たど》り着いたときの記憶がなくて、何かやらかしたかもしれないと蒼白になったのだ。記憶が飛んでしまったのが初めてで、焦るのに何もできなくて、慧太がこの部屋に現れるのをただ待つしかなかった。

過去は変えられない――夢の中で絢人がそう言っていた。

変えようとあがいても、こうして結果的に同じところへ辿り着いている。

階段を上がってくる足音が響いて近づいてくる。慧太は家族と同居しているが、その足音で慧太だと分かった。

――このあと……自分はなんて言ったっけ。

あのときは、どうして自分の部屋に帰らずに慧太の家にいるのか分からなかったのだ。よほど余裕がなかったのか、このときの記憶が吹っ飛んでいる。おとなしく身を任せていれば、過去の自分が当時のまま動いてくれるはず。あきらめの境地というより、忘れてしまった記憶やそのときの情動を知りたい気持ちがあるのも事実だ。

ドアが開いて、慧太が顔を覗かせた。

「……あ、おはようございます」

「……おはよう。き、きのう……ごめん。なんかすごい酔って、だいぶ迷惑かけた……よな」

ずいぶん恐る恐るといった訊き方で慧太の様子を窺う。

「いや、迷惑とかは……」

歯切れの悪い口調にただならぬものを感じて、由弦は眉《まゆ》を寄せた。

今こそ慧太に触れて、その頭の中で何を考えているのか知りたいのに、慧太はベッドより離れた位置に立っている。

「ここ……慧太のベッド……だよな？　お前どこで寝たの」

「えっ、覚えてない？」

「…………」

今度はこっちが慌てる番。自分がいるベッドはセミダブルほどのサイズで、男ふたりで寝るのはちょっと窮屈かな、という広さだ。

「……一緒に寝た？」

「あ、……はい」

返事のわずかなタイムラグに、いやな予感が立ちこめる。

もやもやと頭が煙《けむ》って、それでどうなるわけでもないのに髪をぐしゃぐしゃと掻いた。

「……ご……めん。俺なんかやらかし……？」

言いながらだんだん思い出してきた。

服を脱ぎたいのに面倒くさいとかなんとか寝転んだベッドから動かずにごねて、「脱がして」と慧太に迫ったのだ。誘うつもりだったのか、年下の男をからかうつもりだったのか自分でも定かじゃないけれど、とにかく酔っ払いの戯言《ざれごと》なので許してほしい。

「うわ……ご、ごめん、マジで。なんかやらかしたなら謝っとく」

思い出せないふりでとりあえずのお詫びをする。慧太は「いいえ、謝られるようなことは何も」と答えるにとどまった。

二年八カ月前の慧太は、そのことをここではおしえてくれなかった。なぜなら、慧太はこの『脱がして事件』がきっかけで由弦を性的な目で見るようになり、それがうしろめたかったからだ。彼の真面目な性格が、このときのことを笑える冗談にできなかったらしい。

付き合い始めた頃にやっと話してくれて、慧太は「あれがなかったらどうだったんだろうね」

と種明かしして笑っていた。

そんなきっかけがなかったら、今頃普通の友だちだっただろうか。大事なターニングポイントだったから素通りは許されず、こうして同じ出来事を繰り返したのだろうか。

「よかったらシャワー、使ってください」

「うん、ありがとう」

「朝ごはん、食べられそうですか？」

「あー……シャワってから考えようかな……」

ずきずきと痛む蟀谷《こめかみ》を押さえながら苦笑いする。

慧太に連れられて二階から一階へ下りた。

「家族は？」

「うちガラス工房なんで、そっちで仕事してます。家には誰もいませんから、ゆっくりどうぞ」

裏手に慧太の父親が築炉《ちくろ》、営んでいるガラス工芸工房があって、慧太の両親とよっつ年上の姉もそこで職人として働いている。部屋のあちこちにガラス製品が置いてあり、バスルームにもはめ込み式のステンドグラスが飾られていた。

シャワーを浴びて出てきたところを、慧太に呼ばれてリビングへ入る。

「普通に食べられそうならなんか作りますけど……それともお茶漬けとかがいいですか？」

「お茶漬けいいかも」

梅は？　わさびは？　と甲斐甲斐《かいがい》しくお世話されて、いただきますの前にお礼を伝えた。

「いろいろ、ありがと。Tシャツと、新しい下着も。パンツわざわざ買いに行ってくれたんだよな？」

「きのうの夜、コンビニに寄ったんでついでに」

「たったあれくらいで泥酔《でいすい》して格好悪い。こっちが先輩なのにな」

頭をぺこりと下げると、慧太は「いいえ」と薄く微笑んでいる。

どうぞ、とお茶漬けを勧められて、「いただきます」と手を合わせた。

ダイニングテーブルの向かいに座っている慧太はコーヒーを飲みながらテレビをつける。リモコンを操作する横顔を盗み見て、きのうの昼食もこんなかんじだったな、と考えると顔がほころんだ。

「今日金曜ですけど……授業は？」

「二限に間に合えば大丈夫」

会話は一旦そこで途絶えた。テレビと、お茶漬けを啜る音だけ。テレビを見ながら慧太がくすりと笑い声を漏《も》らすと、由弦もなんだか頬がゆるんだ。

慧太は番組の最後に流れる『今日の占い』をじっと見ている。慧太は夏生まれの獅子座だ。占いの結果は上から二番目、まずまずといったところ。

「由弦さん、何座ですか」

「山羊座」

「十二月生まれ？」

「十二月二十九日」

「俺は七月二十七日です。夏休みだから損。あ、由弦さんもか」

いたずら心が湧いて、テーブルの下の足先を慧太のほうへ伸ばした。ふたりともスリッパを履いているから、さきっぽがくっついても不自然じゃない。

そうっと、つま先を寄せる。

「じゃあ、休みで忘れられて誰も祝ってくれなかったら、お互いにお祝いすればいいよ」

「え？」

【それって……ふたりで、ってことかな。だったらいいな。七月なんてあっという間だ。約束しちゃってもいいかな。焦りすぎかな】

涼しい顔をしているのに、心の中は大騒ぎだ。

――どうしよう、こいつかわいい。

人の気持ちをこっそり盗み聞きするようなまねをしていることは後ろめたいけれど、慧太の心を覗いて真情を知れば嬉しくなってしまう。

「あー、もしかして家族でお祝いする的な？　最後の十代だしな」

由弦が引くと、慧太はついに焦りの表情を見せた。

「プレゼントとか、ケーキとか、買ってくれるんですか」

【いきなり物品要求って、俺はばかか】

「いいよ。何かあんの、欲しいもの」

【えっ、いいの？　誕生日のお祝いしてくれんの？　ふたりで？】

「欲しいもの……」

【なんも思いつかない……どうしよう、なんか言っとかなきゃ忘れられそう】

慧太はぐるぐる迷っている顔を完璧に繕《つくろ》えないでいる。

「ていうか、いいかんじの女子とかいないの？　あと四カ月くらいあるし、彼女できんじゃね？　モテそうだし」

さらに由弦が引くと、慧太は「ない、できない」と首を横に振った。

「何そのモテない自信」

由弦が笑うと慧太は【モテそうなのむしろ由弦さんだし】としゅんと肩を落としている。

あんまりいじわるするとかわいそうだ。くっつけていたつま先を慧太から離した。

「まぁ、いいよ。誕生日までに慧太に彼女ができなかったら、なんか買ってやる」

慧太はわずかに頬をゆるませて「……はい」と頷いた。

「由弦さん、彼女いるんスか」

「俺のことはいいよ」

「いないんスね」

「察したならトドメ刺すな」

彼女、と訊かれたら、恋人がいてもいなくても答えたくなくなるのだ。

ふたりとも、なんとなくテレビに目線を向ける。会話が途切れて訪れる沈黙に焦りはなくて、ほうっと落ち着く。

まだ出会って間もないのに、この日の朝はもう慧太の傍は居心地がいいなと感じていた。慌ててもあの程度であまり感情を表に出さないし最初は取っ付きにくそうだけど、じつはまめまめしいところなどに触れて、なんだかわいいいやつだなぁと、いわゆるゲインロス効果に嵌まるのかもしれない。

たとえば二人でいつかおじさんになって、おじいさんになって、それでもこの男は穏やかに年を取り、このまま変わらない気がしていた。そんな妄想にはなんの根拠もないのに、『何も変わらない』という安心感を勝手に覚えて、慧太と暮らす未来を一瞬夢見る。

そんな過去の情動に今の自分がシンクロして、心がじんわりと熱くなった。

恋の勘違いはいくつも積み重なって、この男に恋をすることを、やっぱり自分はとめられないのだろうか。何度同じ人生を繰り返しても、慧太を好きになって、終わる恋を見届けるしかないんだろうか。

好きにならなければいい。慧太を好きにならない幸せ、があるんだと思ってタイムリープしたのに、夢に現れた絢人に過去は変えられないと知らされた。

じゃあこんなふうに一緒にいながらも慧太を好きにならずにいられる方法はないのだろうか、などとばかなことを考えてしまう。

きのうまで過去に抗っていた気持ちはだいぶ萎んでいた。過去を変えられないと言われた部分も大きいけれど、それだけじゃない。過去の自分に寄り添って、もう一度恋する情動を感じることに喜びを覚えたからだ。

最初の意志が弱った自分は、過去の自分に呑まれる。思いどおりに変えられないなら、もういっそ俯瞰《ふかん》する立場で、過去の自分をなぞってもいいんじゃないかと思えてきた。

すっと、今の自分の意志が一歩うしろに下がるような、そんな感覚。

「由弦さん、学芸員を目指してるんですか？」

ぼんやりしていたら、進路について問われた。

「うーん、まぁ……模索中かな。それだと院に上がんなきゃだし……なんて迷ってる暇もないんだけど。今はイベント企画とか制作とかそっちに行きたいって思ってるからさ。慧太は家業のために芸術学科？　ガラス造形は院にしか開設されてないしな」

「そうですね。姉もいますけど、将来は俺が工房を継がなきゃならないし。海外の仕事もあるから西洋美術とか古典美術とかガラスにこだわらず勉強したくて。親父が元気なうちに、もっと視野広げたいなっていうのもあります。ガラス造形を専攻するために院に進むかは、まだちょっと先で考えられたらいいかなって」

胸がずきんとする。この頃には慧太は将来のビジョンが確立していた。

世界で活躍するサッカー選手、音楽家、ダンサー……彼らみたいに慧太には力強く跳ぶための羽がある気がする。

「風呂場のステンドグラス……あれ綺麗だな」

慧太がこちらへ目を向ける。

鮮やかな色のガラスの小片を継ぎ合わせたもので、高い位置の窓からバスルームの白いタイルに美しい光を落としていた。

「あれは、小学生のとき作ったやつ」

「慧太が?」

「親父に手伝ってもらいながら、まぁだいたいは」

「へぇ……すごいじゃん」

「風呂場に飾られて恥ずかしいけど、まぁ、どうせ家族しか見ないですし。でも由弦さんこそほんとにすごいのあるじゃないですか」

「何が?」

「パラパラ漫画」

由弦は噴き出した。この頃はまさか自分がそれで食っていけるようになるとは考えもしなかったからだ。

「だから、あれはラクガキだって。企画のひとつとしてだったらおもしろいかもしれないけど」

「そうかな……3Dメガネを使わずに目の錯覚と描き方だけで立体的に奥行きを感じられるパラパラ漫画なんて、あれを趣味で終わらせるのもったいないです」

「不相応に褒めすぎ」

「いや、大げさなんかじゃなく、本気で。一ページずつパソコンに取り込んで動画に編集するとか、見せる方法を変えるだけで別の可能性が広がるし。あ、でも指で弾いて捲るアナログなかんじが逆にいいのか……」

慧太がひとしきり盛り上がり自己完結して納得するまでを見届けて、由弦は笑った。

「うん。パラパラ漫画は指で、自分で捲ってナンボだろ」

「そうですね、そこは同意しますけど。教科書の隅とかじゃなくて、ちゃんと宣伝材料になるようにポートフォリオ的なやつを創って、どこかに売り込んだりしてみたらいいんじゃないですか?」

慧太は低温な見かけなのに中身は野心家だ。いやいや、と熱弁の慧太を宥《なだ》めた。

「それよりさ、ガラス工房のほう、ここ出る前にちょっと覗かせてもらってもいい?　ガラス製品の現場って実際に見たことないんだ」

「え、あ……はい、それは。よかったら、どうぞ」

それからしばらくして、『小田切ガラスアート』の看板がかかった工房へ案内してもらった。

ガラス製品でいちばん身近なグラスなどの食器類より、アート的な作品がメインの工房だ。壁や天井、ドアや間仕切りのデザインガラス、ステンドグラス、大型のものからテーブル雑貨のオブジェまで国内外向けに製造販売している。

慧太の母親と姉に挨拶して、溶解炉《ようかいろ》の前で職人さんと作業中の父親には会釈した。

「慧太も手伝ってるんだろ？」

「小学生のときのお小遣い稼ぎも、バイト代も、工房を手伝った対価なんで。まだサポート的なことしかやらせてもらってないですけど。あと、俺がメインでやってるのは溶解炉使ってやる吹きじゃなくてフレームワークで」

「フレームワーク？」

「コンパクトなガスバーナーでガラスを溶かして、とんぼ玉とか細かい模様のアートピースを創るんです。体験工房でアクセサリーを創ったりする方法なんで、由弦さんもすぐにできますよ」

できますよ、と軽く言うけど、ちらりと見た感じ繊細で緻密な作品が並んでいる。

「由弦さん、細かい作業が好きそうだから、やると嵌まるかも」

「え、じゃあ今度やらせてもらおうかな。あんまり作業の邪魔にならない時期に」

ぜひ、と頷く慧太の傍《かたわ》らに万華鏡が数本あって、「見ていい？」と訊《たず》ねた。

そのうちの一本を手渡され、さっそく筒形のそれを右目で覗く。

万華鏡は筒の内側に三面の鏡が張られており、さまざまな色かたちの細片《さいへん》が移動したときに描く模様を一端から覗き見る玩具だ。

「オブジェクトセルを光のほうに向けて」

自然光が落ちてくる窓側に向かってオブジェクトが入った先端を翳した。

「……お、わっ……」

ロータス、ミント、ブーゲンビリア、ラベンダー……色とりどりの草花が咲いたような透明感のある曼荼羅《まんだら》模様。筒をゆっくり回すと、色と模様が幻想的に変化する。チェリーピンクの花が咲いたかと思うと、アクアブルーやエバーグリーンが複雑なシンメトリーを描く。

「あれっ……なんだろ。子供の頃に夏休みの宿題とかで作ったのとちょっと違う気がする。これのほうがきらきら感がすごいっていうか、奥行きと透明感がハンパないな」

万華鏡の中に自分が吸い込まれてしまいそうで、無限に咲く花に魅了される。

「中のオブジェクトがガラスなんです。子供の教材はモール、スパンコール、おもちゃのプラスチックやビーズを入れるんで。中のこのガラスパーツは、万華鏡用に俺が創ったやつです」

「えっ？」

由弦は覗いていたスコープを目から離した。

オブジェクトセルは透明のアクリルケースで、外側から中身が見える。そのパーツのどれもが、繊細な模様のついた棒ガラスやプレートを小さく加工したものだった。

「……これ、このビーズみたいなやつを一個一個創んの？」

「はい。安価なものだと、既製品の色ガラスを入れたりするんですけど」

そこで慧太が見せてくれたのは万華鏡の中に入れる前の、レース模様や花模様に加工されたオブジェクト。カラープレートを重ねたものなどさまざまだ。

「あ……今気付いた。筒の部分もガラスだ」

「筒もオリジナルです。万華鏡作家の一点ものだと、有田焼《ありたやき》や螺鈿《らでん》、真鍮《しんちゅう》製なんかもありますよ」

由弦にとっては万華鏡は小学生のときに作ったような、段ボールやプラスチック製の筒に紙や布を貼るイメージだったから驚きだった。

「なんか、ちょっともう『お手伝い』ってかんじじゃないんだけど」

「ほんとにお手伝い的なことのほうが多いです。磨いたり、洗ったり、切ったりの雑用」

慧太は謙遜《けんそん》するけれど、教科書の隅に描き込んだパラパラ漫画を褒められた由弦のほうが恥ずかしくなる。

だってこっちは完全に美術品、芸術品だ。でもからかっているかんじではなかったし、紙に表現するという畑違いのものが慧太からしたら新鮮に映ったのかもしれない。

「もっかい見ていい？」

「どうぞ。他のも、よかったら」

筒が丸形じゃなく多面体のものや、オブジェクトセルにオイルが入っていてゆっくりと模様が変化する万華鏡もあった。

「俺はオブジェクトに必ず核を入れるんです」

「核？」

「テーマというか、その万華鏡を創った意味というか。オブジェクトのメインになるガラス玉をひとつ。スコープを覗いてるときは模様のひとつなので何が核かは分からないんですけど、オブジェクトセルを開けるか、外側から探せば見つかります」

言われたら気になって、また別の万華鏡のオブジェクトセルを外から眺める。ひとつだけ他のガラス玉より少し大きなパーツを見つけた。

「え、これ？」

慧太が顔を由弦の手元に寄せてきて「それ」と頷いた。

「これ……花、かな」

「月下美人」

「夜に花が開いて、ひと晩しか咲かないんだよな？」

「そうです」

テーマや伝えたいことがはっきりしないものは人の心に届かないし響かない、とよく教授が言っているけれどそうだと思う。

月下美人の万華鏡は、ダークな色使いの中で白い花弁がまるで蜃気楼のように現れる。小さな世界に表現された美しさに心を奪われた。

「わー……これめちゃめちゃかっこいい。万華鏡にかっこいいって賛美はおかしいかもしれないけどさぁ……」

スコープを覗きながら興奮する声で感想を伝えると、慧太が嬉しそうに「どうも」と隣で笑うのが分かる。

「えー、いいなぁ、欲しいな」

「え?」

「あ、いや、ごめん。おねだりしてるわけじゃなくて、そう思うくらいイイなってこと」

慌てて弁解すると、慧太は俯いて眸をうろうろとさせ、何かを決意したように顔を上げた。

「じゃあ、新しいのを創ります」

「ええっ? でも……」

「その『月下美人』はけっこう前に創ったやつで、筒の部分は俺が創ったやつじゃないし。完全オリジナルのものじゃないと自分が納得いかない、かなって。すみません、自己満足なんですけど」

申し訳なさそうにする慧太に、由弦は「いや、うん、嬉しい。楽しみ」と頷いた。

運命に逆らってあがく意味なんかないんじゃ、と思ってしまってから、過去の自分と今の自分がまるで融合したみたいな感覚で過ごしている。

あれから慧太は、何かあってもなくても大学内で由弦を見つければ寄ってくるようになり、当然の流れでアウトドアサークルに入会した。由弦も慧太を避ける努力を一切しなかったし、食事でも暇つぶしでも、誘われたら「いいよ」と受け入れた。

同じ電車に乗り合わせてくっついて座ったりすると、慧太の心の声がダダ漏れになる。偶然どこかに触れることもあれば、座席に並んで座った慧太の脚に由弦のほうから意図的に脚を近付けることもあった。

【やっぱこの電車だった。由弦さんに会えた。明日もこの時間でこの電車なら、また一緒になるかな】

偶然のふりして狙ってたのか、とクールな見目《みめ》を裏切る慧太の乙女思考に頬がゆるむ。人の心を読む罪悪感より、慧太の本心の声を聞ける喜びのほうが大きい。

慧太の家に泊めてもらってから四日後「工房が休みなんで」と慧太に誘われて、フレームワークを体験してみることにした。

とんぼ玉一個くらいだったら完成まで一時間もかからないとのことだ。

誰もいない工房の一角を借りて、慧太に細かくレクチャーしてもらう。小さいのに思いのほか勢いのあるバーナーの火に驚いたり、水あめみたいに溶けたガラスの扱いに悪戦苦闘したりして、慌てる由弦を見て慧太は楽しげだ。

「ゆっくり回さなきゃ」

「ゆっくり回したら垂れる！」

「左手下げすぎ、バーナーから離して」

わーわー言い合っているうちに慧太が由弦の背後に立ち、右と左の手を取って、角度やステンレス棒を回す速度を直接おしえてくれた。

「そっとパーツをのせて」

「あわわ、落ちたっ」

【まさかのぶきっちょ、かわいい】

「うるさいよ」

「え？」

手元に夢中になるあまりに、うっかり心の声に返事をしてしまった。

「いや、なんでもない。なんか暑くて」

しどろもどろになって、ちぐはぐな言い訳をする。しかしほんとに工房の中そのものが暑いのだ。

「溶解炉の坩堝《るつぼ》は二十四時間、火を入れたままなんで」

「あれずっと、年中つけっぱなの？」

「掃除と点検と坩堝の交換のために火を完全に落とすとき以外は。うちではメンテナンスは年に二回。次は七月からお盆前までの一カ月ほど。その間だけ吹きガラスは休みです。吹きもやってみたくないですか？」

「やってみたいけど。できんのかな。バーナーでこんなかんじだよ？」

じっと背後を窺うと慧太は笑いをこらえた顔で「おしえますから」と頷いた。

「お前笑ってるだろ」

「笑ってないですよ。ペンを持つのとは勝手が違うんだなーって思っただけで」

背後の慧太の胸に向かって後頭部で軽いヘッドバッドを見舞うと、「わ」と小さく声を上げるその内側で【あーやばい。今のでも嬉しいとかばかか】と自分自身に困惑している。

慧太の情動が愛しい。子供みたいなからかいにも心を跳ねさせていたのだと知ると、慧太の髪をわしゃわしゃと掻き乱して力いっぱい抱きしめたくなる。

でもそういう悶えたいほどの衝動をぐっとこらえなければならない。込み上げるものを知らん顔でやりすごさなければならないのは、小さくてもストレスだ。それは心の声を盗み聞きした罰であるはずなのに、その甘い痛みに麻痺していく。

吹きガラスではタンブラーを創った。三十分もあれば成形が終わり、あとは徐冷炉《じょれいろ》でゆっくり時間をかけて冷やし、後日の渡しになる。

「せめてレクチャーしてくれたお礼くらいさせろよ」

材料費すらいらないと遠慮されてしまったけれど、そういうわけにいかない。

「万華鏡もプレゼントとか言ってたけど、まさかそのお礼もさせない気じゃないよな？」

「誕プレってことで」

「俺は十二月っつったじゃん。誕プレっていうならむしろ慧太のほうが近いだろ」

由弦が迫ると慧太はうろうろと視線を泳がせて、やがて「じゃあ……」と顔を上げた。

「パラパラ漫画……」

「パラパラ漫画？」

「創作物の交換みたいな……だめですか？　短くても由弦さんのが時間かかるだろうし、今日の分もそれに込みにするとか……は？」

タイムリープしたときにちょっと改変したせいで前後が入れ替わってしまったが、このとき、慧太が本気で由弦が描くパラパラ漫画を気に入っているのだと知ったのだ。

「そ……んなに、欲しい？」

「欲しい」

慧太があんまり素直に頷くから笑ってしまった。

「いいよ、分かった。いや、そっちこそパラパラ漫画でいいの？　ってかんじなんだけど」

由弦の問いかけに慧太は「それがいいんです」ともう一度力強く答える。

「分かった。じゃあお互いに納期決める？　俺いつもああいうの、譲った教科書の隅のアレもダラッダラやって描いてるからさ。締切的なやつ決めないと、相当待たせちゃうたぶん」

「俺は二、三週間あれば」

「二、三週間！　……いや、やる前から無理って言わない。俺もそれでがんばってみる。でもやってから無理っぽかったら相談させて？」

最後にズルい猶予を持たせようとする由弦に、慧太が笑いながら頷いた。


「最近さぁ……由弦先輩と慧太、超仲良しじゃない？」

アウトドアサークルの部室に顔を出した絢人が半眼になっている。つまらない、とでも言いたげだ。たまたま慧太と履修科目が被《かぶ》ったときは並んで座ったし、空き時間が合えばカフェテリアや部室で一緒に過ごしたりしているのを絢人も知っている。

パソコンと雑誌を広げ向かい合っていたふたりのもとへ絢人がやってきて、慧太の隣の椅子を引いた。ちらりと慧太の顔を覗き込んで、唇を歪めている。そんな絢人に、由弦は二枚綴《つづ》りのプリントを差し出した。

「ゴールデンウィークのキャンプ計画やってたんだよ。キャンプ場までの車出しと乗り合わせメンバー、部屋割りも決めなきゃだから、絢人もチェック手伝って」

「キャンプってテントじゃないんですか？」

「今回は人数多いし、初参加もいるからバンガローを三棟借りて雑魚寝《ざこね》するんだ。バーベキューで充分雰囲気は味わえるしな。テントキャンプは秋の予定」

絢人はメンバー表を眺めながら「なるほど」と頷いている。

「裏門集合なんですね」

「で、荷物を積むためのワンボックスが一台と、あとは車に乗り合わせ。いちばん大きなバンガロー一棟に女子のみなさん、メンズは二棟に分かれる。一棟は飲みの集合部屋でもう一棟は先に寝るやつとか風呂用ってかんじで」

絢人に説明し終えたところで、慧太が「由弦さんと一緒がいい」とぼそっと呟いて、三人は一瞬、しんと静まった。

「え、そういうのアリなの」

絢人がちらっと慧太を睨《ね》めると、慧太はしれっと「だめとは書いてない」と答えている。

「放っておくと由弦さんまた酔い潰れるし」

介抱係のポジションを死守しようとする慧太に、絢人が「過保護」と呆れ顔で言い放った。

「慧太がやんなくたって周りにいっぱいいるよ。そういうのやりたい女子もいるのに慧太が邪魔しちゃだめじゃん」

「邪魔?」

「慧太がいっつも由弦先輩にくっついてるから女の子たちが割り込めないんだよ。キャンプとか旅行って滞在時間長くて、いろいろとチャンスなんだからさ。空気読まなきゃ」

「由弦さんにそういう人がいるなら俺だって」

「いるなら、じゃなくて、気を使って遠慮しとこうよって話でしょ?」

恋愛に疎《うと》い慧太を、絢人が窘《たしな》めるというデコボココンビだ。

あれこれ言い合っているふたりに由弦は「逆だろそれ」と宥めに入った。

「あれは俺じゃなくて慧太を狙ってるの。そういう絢人だって年上からちやほやされてるだろ。まぁ……サークル内で揉め事は起こさない程度に、その辺がんばれってことで」

飲み物買ってくる、と由弦は立ち上がり、部室を出た。ドアの小窓から中を覗くと、絢人が慧太のあまり表情を変えない頬をむにむにとつねって笑っている。

当時からときどき気になっていた。

「……絢人って……」

とても分かりにくいけれど、絢人は慧太を好きだったんじゃないだろうか。上手に、というかひたすら懸命に、想いを隠して慧太の友だちとして傍にいたのではないか。

慧太と絢人は近所の幼なじみで、傍目《はため》にも仲の良さは窺えた。大学内での関わり方を見るかぎり、華やかで明朗な絢人に引っ張られるようにして慧太も行動している。決して強引ではなく、さりげなく慧太のやりたいことを優先させてくれるから、絢人が気を使っているおかげで慧太は居心地がよかったはずだ。

つまり無償の愛ともいうべき特別な感情を、絢人は慧太に抱いていたのではないだろうか。

確信は持てないから、絢人がさっきのような言い方をしたりその口調に棘《とげ》があったり、あまつさえ不機嫌になったりしたのは、大切な友だちを奪われる寂しさ、拗《こじ》らせた友情みたいなものだろうとあの頃は勝手に解釈するしかなかったが。

タイムリープしたことでそんな疑念を確認するチャンスがあるかもしれない。しかしそうするためには直接絢人に訊くか、人の心を覗くというあの不思議な力を利用するしかない。

「……どうしよう……」

何をするためにタイムリープで過去へ来たのか。

慧太を好きにならないという最初の目的は、過去は変えられないタイムリープのセオリーのせいで、もはや形骸化《けいがいか》しつつある。

――自分で真実を探って、その目で確かめるんです。

絢人が「真実を探って」と力を分けてくれたことを、人の心を覗きたいという心情の都合のいい言い訳に使っているだけのような気がした。

心を決めかねたまま、キャンプ当日を迎えた。

慧太は相変わらず由弦の隣をキープして、声をかけてくる女の子はそっちのけだ。

たしか当時は「女の子ともっと話せよ」と促したら慧太はちょっとしゅんとして、女の子たちに引っ張られて食材の仕込みに行ってしまったので、自分から距離を取ろうとしたくせに複雑な思いだった。

——想像で「仕方ない」と諦めるのと、自分の目で見て知る衝撃って、ぜんぜん度合いが違うもんな……。

「慧太くん、運ぶの手伝ってくれない？」

両手で段ボールを抱えた女の子に「そっちの箱のほう」ともうひと回り大きな箱を指されている。

「絢人くんが水場にいるからそっちに。一緒に野菜とか洗ってくれると助かる～」

慧太の視線がちらりとこちらに向いて「行ってやれば？」と由弦が促すと、少し違う展開が待っていた。

「由弦さんも、行こう」

「……え？」

「炭はもう火ついたし、飲んでる人に任せていいですよね」

イエスもノーも待たずに、「炭、お願いします」と先輩たちに声をかけて、慧太から腕を引かれる。

「あ、じゃあ由弦くんも手伝ってもらっていい？　ごめんね」

女の子が持っていた箱を「それ持つよ」と受け取って、絢人がいるという水場に向かった。

水場には女の子たちと絢人がいて、そこに入った。包丁を握る女の子たちの横で、野菜を洗う係を命じられる。

水場で手伝いを始めてすぐに「慧太くんは、彼女いるの？」となんともストレートな質問が飛んできた。

「いませんけど……」

「けど？」

「好きな人はいます」

慧太の直球返しに水場が一瞬しんとなる。

女の子たちは慧太の告白に食いついて「片想いしてるってこと？」「慧太くんが？」「わーお、かわいい～」としばし沸いた。

「相手に好きって言った？　叶いそう？」

「……言ったことないです。叶うかどうかは……」

純粋な片想いと知るや、再び女の子たちは色めきたっている。

「片想いが叶うまでの繋ぎ、とか考えるエリコっちとは違うよね～」

「だって彼氏はいたほうが楽しいじゃん。絢人くんは？　彼女いるの？」

絢人がちょうど由弦の隣に来た。まな板を置き、玉ねぎの輪切りをしている。

ホイル包みを任されて作業をしていた由弦の靴の側面に、気付けば絢人の靴が触れていた。

なのに、由弦はその足を引かなかった。

「いないですよ。でも、僕も好きな人ならいます」

「えーっ、何、片想い流行してんの？　え、もしかして、この大学に入ってからとか？」

「いいえ」

「高校のときの？」

「もっと前……あ、幼なじみの慧太が聞いてるからこれ以上は言えません」

【だって慧太だもん】

やだ一途《いちず》～と盛り上がる女の子たちをよそに、絢人は穏やかな顔つきで手元の玉ねぎに再び目線を戻して作業を再開する――由弦はそれに釘付けになったまま、絢人の声を聞いた。

【慧太が今誰を好きかなんて知ってるけど、追及しないよ。知らん顔してやるんだ。慧太はゲイじゃないんだし、どうせ一過性の、風邪みたいな恋なんだよ。こっちから告白だって一生しない。フラれるって分かってるのに無駄に傷つきたくないし、友だちポジションなくしたくないもん。どうせ由弦先輩は慧太を相手にしないだろうから、友だちの僕のところに慧太はそのうち帰ってくるんだ】

触れ合っていた足を由弦はそろりと離した。

ばくばくと激しい動悸がする。慧太の心の声を聞くのより、とてつもない罪悪感に襲われた。人の気持ちを盗み聞きしてしまった自己嫌悪と、知ってはならない秘密を握ってしまった衝撃。

「由弦くん？　どうしたの？」

「ちょ、ちょっと、……」

足元がふらついて、胸がむかむかとする。手で口元を覆《おお》ってその場から離れようとすると、「顔が真っ青だよ。大丈夫？」と心配そうな声で女の子に手を差し伸べられた。それを躱《かわ》して一歩二歩と後退すると、慧太が駆け寄ってきて支えられた。

歩けないほどではなく、「平気」と拒もうとした腕をしっかり掴まれる。

【平気って言われても、放っておけない】

「バンガローもう開いてますよね。ちょっと休んだほうがいいです」

ざわつく女の子たちの向こうから、絢人の冷ややかな視線が刺さる気がした。

絢人はわざと心の声を聞かせたのではないか――しかし絢人は「僕は過去の世界にはとどまれない」と言っていたのだ。罪悪感からそんなふうに疑心暗鬼になっているだけかもしれない。

「大丈夫ですか？」

バーベキュー用のうちわで扇《あお》いでもらいながら由弦は目を閉じたまま「うん」と答えた。

バンガローの一室で、慧太の膝枕で横になっている。最初こそ抵抗したものの「とにかくおとなしくして」と険《けわ》しい顔で窘められ、由弦はついに身体の力を抜いて横たわった。

この状況を誰にも見られていない――と思えば、いくらか気がゆるむ。

「この、羽織りのシャツだけでも脱ぎますか」

少し汗ばんでいて、そう言われたら脱ぎたくなった。慧太に袖を引っ張って加勢してもらい、上はTシャツ一枚になる。

「このシャツのボタン、今にも取れそうですよ」

再び横になろうとしたところでその箇所を見せられて、「あぁ……」と頷いた。

「もうけっこうぼろぼろだからそれ……限界まで汚して、捨てるつもりで着てきた」

「バーベキュー用ですか。……このシェルのボタン、いいですね」

ちょうど上から二番目の、取れかかっているボタンだ。本物の巻貝で作られたボタンはミルクベージュで、光に当たると淡いピンクや薄いブルーの色が現れる。

「この二番目のボタンは俺が貰ってもいいですか？」

「あぁ……いいけど。何、リメイクでもすんの？」

「綺麗なボタンを見ると、万華鏡のオブジェクトにいいなって集めちゃうんですよ」

夜は冷えるかもしれないからと、そのボタンがひとつなくなったシャツは由弦に戻された。

慧太はしばらくボタンを眺めて「由弦さんの第二ボタン」と小さな声で呟いている。聞こえなかったふりをして、やっぱりこいつちょっと乙女思考だ、と思うと頬がゆるんだ。

「由弦さん、寝不足？」

「あー……ここのところ夜更《よふ》かしが続いたかな」

「例のパラパラ漫画のせい、とか」

「べつにそれだけじゃないけど……描き始めると夢中になるんだ。満足するところまで進めないと、一度ベッドに入ってもまた起き出して続きやっちゃうってかんじで」

慧太が言ったように教科書の隅じゃなくて作品と呼べる装丁《そうてい》にして、同時進行でそれとは別にもうひとつスペアを創っているからだ。ラクガキや遊びじゃなくて、作品として取り組もうとするから細部にまで妥協できなくなっている。

「困ったな。パラパラ漫画は欲しいけど、無茶させてるなら……」

【万華鏡と交換なんて、無理させそうなこと言わなきゃよかった……】

「だからっていらないって言われたら悲しいだろ」

【でも、がんばってくれてんだって嬉しいからちょっと困ってる】

慧太の指が、優しく由弦の髪を梳《す》く。そこをうちわの風がそよそよと撫でていく。

「ゆっくりでいいから、……由弦さんのものが貰えたらいいんです」

好き、とストレートに言われるより、好きの想いを込められているようで気恥ずかしい。

脳髄がとろりととろけて、慧太の指先に魔法をかけられたみたいに一瞬睡魔に襲われた。

はっと目を開けると、間近に慧太の顔があってぎょっとする。

慧太は何事もなかったそぶりで身を引き、ただ由弦を見つめてきた。

「……………」

【キスしたら、きっともう冗談にすらできないんだ】

慧太の目はしっとりと濡れて見え、その心を読まなくても、全身全霊で「好き」と訴えてくる。

あの頃からそうだった。慧太は顔中に「好き、好き」と書いてあるようで、身体のあちこちから甘い匂いを漂わせて求愛しているみたいだった。

——こんなアピールされて心が動かないやつがいるなら、土下座してやる。

そのとき、バンガローのドアが突然開いた。

「どう？　大丈夫？」

絢人が顔を出し、甘ったるい空気が霧散《むさん》する。

膝枕の状態から身体を起こす暇なんかない。だから横たわったまま、緊張で身をこわばらせる。

「由弦先輩、寝てんの？」

小声で問う絢人に、慧太は「うん」と頷いた。

「もうしばらく寝かせておいて、起こすから」

絢人は「分かった」と答えて、再びドアが閉まる音がした。

慧太の優しい指が蟀谷の辺りに戻り、髪を梳く。互いに何も言わない。

絢人に嘘をついた共犯者の気分で、ふたりとも沈黙していた。


ゴールデンウィークが終わり、互いにプレゼントを交換しようと約束した日に慧太の部屋を訪ねた。

ステンドグラス四面の万華鏡——それが慧太が由弦のために創ったものだった。外筒のステンドグラスに施されているのはパステルカラーのミッドセンチュリー柄、その直方体の中に通常の正三角形のミラーが仕込まれているらしい。

「これ、オブジェクトセルの中身が外から見えないんだな」

アクリルケースじゃなくセルもガラスで、色模様がついているせいだ。慧太が万華鏡の中に必ず入れると言っていた『核』がなんなのか、外側から窺い知ることができない。

「隠しましたから」

「えっ、なんで」

「秘密だから」

スコープから覗いてみたところで、曼荼羅模様になってしまえば想像すらつかないのに。

「……すっげぇ気になる」

慧太はにやりと笑うだけで、本当におしえてくれないらしい。

気を取り直し、慧太のベッドを背もたれにしてスコープを覗いてみた。

咲き誇る花、宇宙の星、雪の結晶……自然光を受けてきらきらと煌めくガラスの軌跡にしばし夢中になる。

「きれいだな……。ヤなことあっても、これ見たら忘れられそう」

慧太が由弦の隣に並んで腰を下ろした。

「これマジで貰っていいの？」

「そのために創ったから」

じゃあ俺も、とポケットから無造作に約束のものを出した。

単語カードを使って創ったパラパラ漫画だ。紙のサイズ、ページ数や捲り具合など考慮するとそれがちょうどよかった。

透明のポリプロピレンカバーとその下を表紙に、パラパラ漫画をひとつの作品として仕上げたのは初めてだ。

『カレイドスコープ』と題したそれは、タイトルのとおり、慧太が創る万華鏡をモチーフにしている。

オレンジ、オリーブ、ターコイズ、パール……ガラスの細片が集まってきて曼荼羅模様を描いてくるくると回り、そこに星のステッキを翳すとガラスたちはパンッと弾ける。あるものは星に、またあるものは蝶に、花に、雪に、砂に、海に。自然の世界に煌めきを添えて融和する。

約百ページ。捲ればたった五秒ほどの短いアニメーションだ。慧太が創る万華鏡から感じ取ったものを、そのまま3センチ×10センチの世界に移して閉じ込めた。

「……嬉しいです」

噛み締めるように呟いて、再びパラパラ漫画を捲っている。何度か繰り返して「やばい、感動する」と両手でそっと包んで目を閉じ、まるで拝むようにそこに顔を押し当てた。

そんなに喜んでもらえるとは思ってなかったから、由弦のほうも嬉しさに照れが混じる。

「そこまで？」

「万華鏡そのものには言葉とか音楽とかなくて、表現できるのは偶然捉える光と模様だけなんだけど……俺が伝えたいことを由弦さんに全部分かってもらえたみたいな、そんな気がして。

勝手にすみません。でも……嬉しい」

噛み締めるように呟いて、そのはにかんだ笑顔にやられる。

当時もだめだだめだと何度も思ったのにとめることができなかったのは、普段は低温で薄味反応の男がじつは素直な一面とか、ときどき見せてくれるはにかみとか、好きを溢《あふ》れさせる眸をこちらに向けてあらわにされて、そこにどうしたって自分が惹かれてやまなかったからだ。

慧太の眸が感動と喜びで潤んで見える。

見つめ合う刹那に、唇を合わせたい衝動に駆られた。自分だけかもしれないと戒める一方で、慧太もそれを望んでいるようにしか見えなかった。

友情のキスだ、とあとから言い訳すればいい――なんてばかな計算までして。

わずかに数センチ顔を寄せようとしたとき、一階から「慧太ー」と呼ぶ声が届いて、どちらもはっと身を引いた。

「お昼食べるでしょー?」と慧太の姉の声が聞こえる。

慧太は少し苛立ちを覗かせ、がりがりと頭を掻いている。ややあって立ち上がった慧太に「由弦さん、よかったら下で一緒に」と誘われた。

がっかりしたような、ほっとしたような。

後先考えない幼稚な衝動に、きっと神様がストップをかけたくなったのだろう。

一階に下りると、「近所のお肉屋さんのからあげなの」とテーブルに大皿をどんと置いて由弦を迎えてくれた。

慧太の両親と姉は定休日のはずの火曜日に作業着姿だ。「こんな格好でごめんなさいね」と謝られて、由弦は「いいえ」と首を振った。

「納期が繰り上がって、休日返上なんです」

「あ、じゃあ慧太も手伝わなきゃならないいんじゃ？」

「午後からは俺も工房に入るんで」

みんなが慌ただしく「いただきます」と手を合わせて食べ始め、由弦もそうした。

「お忙しいのに、一緒にお昼いただいてしまってすみません」

「いえいえ。ばたばたで出来合いだし、申し訳なくて。今度は手料理作るからまたうちに食べにきてね」

気さくな笑顔を向けて誘ってくれる慧太の母親の横で、父親はわしわしとごはんを掻き込んでいる。慧太は、慧太以上に寡黙《かもく》そうな父親に似ているかもしれない。

慧太の隣に座る姉の絵里奈《えりな》が、「は～」とため息をついた。

「短納期の仕事が続いてるよねぇ。おかげで二週間彼氏の声も聞いてない、顔も見てない、まともなデートなんて一カ月近くしてないっての。そろそろフラれる気がする」

「そうなったら、その程度のものってことだろ。相手も、絵里奈も」

慧太のドライなツッコミを、絵里奈が「ガキめ」と斬って笑う。

「うまくいってたのを『その程度の恋』にしちゃうかどうかは、自分次第なんだよ。そりゃあ、がんばってもどうにもなんない場合もあるけど。大抵、諦めたり惰性《だせい》で手抜きしたり、大切にしようって気持ちが別のほうに向いちゃってるんだよね。他の異性とか、仕事とかさ。何かに偏っちゃうのは、大人の恋愛作法じゃないよね」

「自分のこと子供だって言ってるのと同じじゃないか、それ」

「だからそこらへんうまく立ち回れる大人にならなきゃなっていう、自戒《じかい》。慧太は色恋よりまず、腕磨いて、腕試ししなきゃね」

絵里奈がガッツポーズを見せて再びぱくぱくと食べ始め、慧太も苦笑いしている。

「腕試しって、どこかに出すとか?」

由弦の問いに、慧太が頷いた。

「ガラス工芸、グラスアートのコンテストに。いつかは世界大会に出てみたいなって」

「ドイツのデュッセルドルフで二年に一度開催されてる展覧会。父の作品が毎回そこに出展されてるんで、いつか慧太もね」

話を聞くまで知らなかったのだが、慧太の父親は著名なガラス工芸作家で、とくに海外での評価が高く、世界のあちこちの建築物の壁面《へきめん》や建具《たてぐ》にガラスパーツなどの意匠《いしょう》が使用されている。慧太の身近にいる師匠であり、誇りであり、憧れなのだろう。

「少し前まで、『言われたからやってる』『跡継ぎだからやってる』的なかんじだったんだけど、最近慧太ちょっと変わったよねぇ～」

　絵里奈のからかいを含ませた声に母親も「そうそう、なんだかやる気出しちゃって」と嬉しそうだ。慧太は「やる気出しちゃだめかよ」とぼやいている。

「由弦さん、なんか知らない？　聞いてない？」

　興味丸出しの母親に、由弦は「さぁ……」と首を傾《かし》げた。

「……とくには。大学生になったから、じゃないですか？　周りみんな美術系ですし、刺激を受けるとか」

「好きな子でもできたんじゃない？　きのうも夜遅くまで何あれ万華鏡？　創ってたし」

　絵里奈のツッコミで、あやうく喉にからあげを詰まらせるところだった。

「よく喋るな。早く食べれば？」

　まさかそれを貰ったの俺です、とは言えない。慧太も知らん顔をしている。

「慧太、がんばってね」

　母親からの声援に「何が」と慧太はぶっきらぼうだ。

「ガラスも、恋もね。女の子の話題は初めてなんだもの。どんな彼女つれてきてくれるのかしら。期待してますよ。ふふふっ」

　無邪気に喜ぶ慧太の母親の顔が見られない。いやな緊張でじわりと体温が上がる。

　この場面は以前と変わらない。明るく朗らかな家族に囲まれて、慧太がかわいがられて期待を寄せられているのを肌で感じると、何か責められたわけでもないのに自分が悪者のような気がしたのだ。

慧太には継承していく責任があって、当たり前の家族のかたちがこれからも未来永劫《えいごう》続くことを誰ひとりとして疑いもしていない。

純粋な期待と、無垢《むく》な幸せに満ちている食卓で、由弦は喉に引っかかったものをお茶で流し込んだ。この人たちには責めるつもりはなくても、自分が想いを貫けばそれを邪魔する存在になるのは明らかだから、心苦しいのだ。

ふたりきりの世界で恋愛できればいいのに、現実で生きているかぎり、自分たちをとりまくもろもろを無視できない。

かつて慧太と離れることを決意するに至った理由は、まさにそれだった。慧太はその大事な部分に気付いたから、由弦と距離を取ったに違いなかった。最後は、互いの気持ちを少しも確認できなかったけれど、それさえもふたりが話し合う価値すらないと考えた結果だと思う。

また同じ思いをしたくない。慧太にもさせたくない。この家族にも。

どうせ別れることになるのだ。だったらやっぱり、この恋をこれ以上進めるべきじゃない。傷を深く抉り、膿《う》んでしまう前に、それをとめるために来たのだ。

別れるという結末は変わらないのだから、そこまでの経緯を少し変えて一度も想いを通わせることなく終わらせたところで、未来にはなんの影響もないんじゃないか。そこに気付いたら、やっぱり好きになっちゃいけない、と決意を新たにするのに充分だった。

最後の悪あがきを遂行《すいこう》するため、由弦は手初めに「就活で忙しくて」とアウトドアサークルの集まりに顔を出すのをやめた。

最初からそうしていればよかったのに、かつて好きだった男の顔を見たら、けちな欲が出たのだ。少しくらい強くその姿を目に焼き付けたいとか、触れたいとか、むしろだんだん大胆になって。

大学院へ進む選択肢はすぐに消した。就活のために資料を集め、履歴書を作成し、ポートフォリオを準備したり単位取得に勤《いそ》しんでいれば、忙しい日々は着々と過ぎる。

慧太の追及を躱すのにそれほど苦労は感じない。不必要に構内にとどまらず、学食にも行かず、万が一慧太が履修しているカリキュラムであっても三年の友人たちと一緒にいて、徹底的に避けたからだ。

業《ごう》を煮やしたのか、ついに慧太に正面から来られて「話があります」と呼びとめられた。

「どうして避けるんですか。俺なんかしましたか」と問われ、「何も」と答えれば話し合いにもならない。慧太は苛立って、以前した約束を持ち出してきた。誕生日の件だ。

だから冷たく言ってやったのだ。「うかうかしてるとすぐ誕生日きちゃうぞ。合コンにまめに顔出して早く彼女探せよ」と。慧太はそのとき見たこともないようなむっとした顔で「行かない」と答えた。

慧太は分別のある男で、ひと目も憚《はばか》らずしつこくしてくるタイプではない。むしろ、理由も述べずに急に避けるようになった由弦に、半《なか》ば呆れているようでもあった。

しかし「誕生日に向けて彼女を探せ」は相当きいたらしく、すれ違っても目すら合わなくなった。頑《かたく》なな拒絶は慧太の純粋さをもへし折ったのだ。

慧太が合コンに参加して二次会の途中で女の子と消えたという噂話が由弦の耳にも入ったのは、それからすぐのことだった。

だらりとソファに寝転んで、からっぽの頭でステンドグラスの万華鏡を覗く。

光を取り込み、きらきらと煌めくガラスの細片は無限にそのかたちを美しく変化させる。

過去の自分に寄り添って過ごす間、タイムリープしてきたほうの自分は無気力だ。慧太を避けることに懸命になっているときは必死なだけに、そうしないと疲れきってしまう。

「へぇ……これ、いいわね」

母の声に引っ張られて目線をそちらへ向ける。

母の手元には単語帳のパラパラ漫画。単語帳をとめるリングを外し製本して、今ではより本らしくなっている。

「あなた、これいいじゃない。売れるわよ」

繰り返されて、由弦は喉の奥で笑った。あまり人を褒めることをしない人から褒められている。それがおかしいのと照れくさいのとで、ちょっと笑ってしまった。

母とは中学のときから離れて暮らしてきた。とても自由な人で、才能ある絵本作家だ。

今はニューヨークのマンションにひとりで住んでいる。夫、つまり由弦の父とはだいぶ昔に離婚したきり。由弦も父とは会っていない。父は別の土地で再婚し、新しい家庭を築いて幸せにしているそうなので、由弦としても父のことはそっとしておいてあげたいと思う。

父に何も望んじゃいない。前妻の息子が絡むと、今の家族とのことも考えなきゃいけないしで気苦労が増えるだけだろうから。自棄《やけ》になっているわけじゃなくて、幸せでいてください、という気持ちは本心だ。

母は誰かのためにごはんを作ったり洗濯したり掃除をしなければならない生活には馴染《なじ》めなかったのだろう。由弦が知るかぎり、母の料理の腕前は由弦にも遠く及ばない。

家事より創作すること、子供の遊び相手より、男と恋愛するより、何よりも仕事優先。だから由弦が不自由しないように中学まではお手伝いさんが毎日来てくれた。高校に上がるのと同時に母がニューヨークへ移住して、日本に残った由弦は独り暮らしを始めたおかげで同級生が普通はしない経験をいろいろ積んで鍛《きた》えられた。

根っからの自由人は相変わらず自由だ。時間が空いたからと帰国して由弦の世話を気がすむまで焼いて、ふいとあちらへ戻る。いつもそうだし、不満はない。

そんな気まぐれ大王みたいな母の千里眼は、由弦が創ったパラパラ漫画を「商品になる」と捉えたらしい。

「ねぇ、これ。あっちのアートセレクトショップに置いてみない？」

「ニューヨークの？　まさか。売れないよ」

「まぁ、このままじゃ難しいけど……ちゃんと印刷に出して製本して。わたしがやってあげるわよ。これ持って帰っていい？」

ここが家じゃなくて、ニューヨークのほうを「帰る」と表現するのだからたいがいだ。

「今、アートディレクションもやってんのよ。無名の若手作家の作品を期限付きでショップに置いてね。あちこちからバイヤーが来て、羽ばたいた作家もいるわよ」

プロデュースまでやってんのか、といくつになっても手広く精力的な母を「すごいね」と素直に讃《たた》えると誇らしげに笑っている。

「あなたの名前も入れなきゃね。でも……わたしの息子だってバレるのヤでしょ」

「ヤだね」

「二世タレントみたいなこと言うのね」

「だって、自分を半分にされた気分になるんだよ。母親の力や名前を借りるべきときには、形《なり》振《ふ》り構わずお借りしますから」

「あら、そのときを待ってるのよ。密《ひそ》かに」

自立心と自尊心は人一倍強いのだ。

「そういうふうに育てたの、お母さんじゃん」

母は嬉しそうに「そうね」と笑った。


アウトドアサークルの集まりにぱったり顔を出さなくなって、さすがにすべての誘いに「就活で忙しい」の逃げ口上《こうじょう》ばかりは使えない。

「由弦、最後に来たのキャンプだろ？　キャンプっていつだよ、ゴールデンウィークってまじか。いいかげんにしろー」

桑原のただでさえ細い目が半分になっている。

「暑気《しょき》払いコンパ……うーん……他は誰が来るの」

「難しい質問するなぁ。ほとんどだよ。あー、でも先週の予定だった飲み会が延期になっての明日だからさ、二十六日だと参加できませんって言ってたヤツいたな……あ、小田切だ。小田切慧太」

「慧太……来ない？」

桑原は顔を顰めて「は？　何、ケンカでもした？」と問うてくる。

「仲良かったじゃん、お前ら。なんかあったの？　キライなの？」

「いや、そういうわけじゃない……」

歯切れの悪い返しをする由弦に桑原は納得いかなそうにぶつぶつ言っていたものの、「まぁ」と由弦の肩を叩いた。

「明日は来いよ。就活も大事だけど、息抜きも大事」

慧太が来ないと分かっているなら、たしかに支障はない。

「……うん、行こうかな」

「十九時に居酒屋の『トリゲン』、現地集合な」

桑原と別れてしゅんとした気分で構内を歩く。

母がパラパラ漫画をニューヨークに持って行ってしまった部分はタイムリープ前と変わらないけれど、悪あがきをしているせいで、慧太に絡む部分は過去の流れと違っている。

本来なら土曜日に誕生日を迎える慧太が「約束なんでその日は一緒に過ごしてください」と言ってくるのだ。たしか木曜日、サークルの部室だった。

ふたりであまりスプリングのよくない部室のソファに並んで座り、八月に行われるサークルの海水浴での企画を話し合っていて、それとはべつに「ふたりでどこか行きませんか」と慧太から誘われた。ガラス工房は溶解炉のメンテでお盆休み前まで火が落ちているので、「今うち暇だから」なんて言って。顔中に「好き、好き」と書いてあるみたいな慧太が愛しくて「お前ほんと俺のこと好きだよなー」と冗談のつもりで笑ったら、慧太は沈黙した。

触れてはいけないところに無遠慮に踏み込んだのは自分だ。慧太はだいぶぐるぐると考えていたらしく、長い間無言で、やっと顔を上げたと思ったらその口から出たのは誕生日の件だった。

明日金曜の授業が終わってから、誕生日を迎える瞬間も、そのあとも一緒に過ごしたい、と。「好き」とはっきり言わないのに、そう言っているも同然のお願いだ。

由弦は「いいよ。どこ行きたい?」と答えた。「明日までに考えときます」と返ってきた。

そして金曜の講義中、由弦の隣にこっそり並んで慧太は「今日、由弦さんち行っていい?」と由弦の手を握ったのだった。

◆

過去を変えようとして由弦が慧太を避け、あげくに「合コンへ行け」と突き放して慧太が本当にそうしてしまった今、とてもそんな展開を迎えそうにはないなと分かっていたけれど……。

「こうなったらなったで……つら……」

慧太はその合コンで出会った子と、付き合うことにしたのかもしれない。だって明日は二十六日で、日付を越えれば誕生日だ。二十六日だと参加できません——慧太がそう言ったなら、大切な瞬間を、意中の人と過ごすのは当然だろう。

過去、実際に慧太は何人かの女の子から言い寄られていた。「誕生日会しようよ」と大胆に誘われても、慧太はそれを受けなかった。しかし由弦が悪あがきして過去を変えたから、慧太は女の子とデートするに至ったのだ。

でもこれでいいはず。慧太は女の子と誰もが祝福してくれる恋をして、男としてますます成長し、由弦の知らない人生を歩む。終わると分かっている恋を進めたって互いに傷つくだけなのだから、これで間違っていないはず。

でもいつになったら絢人の言う『真実』のところまで辿り着いて、現実世界へ帰れるのだろうか。それに恋の終わりまで見届けて、何があるというのだろう。それとも慧太の新しい恋を見届けるのが、過去を変えることへの報《むく》いなのか。

無理に過去を変えようとして、過去とは違う行動をするたびに、どこかに歪みが生じるのだと絢人は言った。その影響を自分自身か、知っている人か、どこかの知らない誰かが被るのだとも。些細なこと、世界を揺るがす何か——でもどの出来事が、由弦が過去を変えたせいなのかは分からないし証明のしようがない。

あなたのせいで怪我《けが》をした、と言われれば怖くて運命に逆らえなくなるだろうけれど、世界中でおこる事件事故や周囲の些細なあれやこれやも全部自分のせいとは思えないし、正直、実感はゼロに等しい。

「分からなければ、いいってことじゃないけど……」

今この瞬間に、何かが大きく歪んでいるのだろうか。自分以外はどうでもいいわけじゃない。でも漠然としすぎて、絢人の言葉が嘘なんじゃないかと思えてしまう。

しかしもう、引き返せないのだ。慧太を突き放したのは事実で、慧太が由弦と目を合わせようとしないことも、紛れもない事実なのだから。

アウトドアサークルの暑気払いコンパに、言われたとおり慧太の姿はなかった。

酒を飲んでも今日に限ってぜんぜん酔えない。ふと「今頃慧太は……」と考えている自分がいる。

慧太を好きな絢人は、慧太に彼女ができるのをどう思ってるのだろうか。これからもそれを踏まえて、一生いちばん近くで見守っていくというポジションを死守して、それで本当に幸せなんだろうか。

「久しぶりですね、由弦先輩」

「そうだな」

絢人は居酒屋に来ていた。絢人は慧太がいなくても、ちゃんとその場の空気を楽しめるらしく、由弦とは覚悟の違いが明らかだ。慧太の幸せは自分の幸せとばかりに、これからも絢人はこのまま変わらないのだろう。

飲み会は折り返し地点くらいで、みんなだいぶ酔っている。二部屋ぶち抜きの横長の座敷に二十数名、あちこち別々の話題で盛り上がっていて、寄ってきた絢人との会話になった。

「由弦先輩、夏休みの予定は？　お泊まりデートとかしないんですか」

ちょうど周囲がそんな話をしていたからか恋愛話を振られて、由弦は「短期のバイト入れてるくらい」と苦笑いした。

「絢人は？　好きな人できた？　それともまだ片想い？」

絢人は目を瞬かせて、にこりと笑う。

「……絶賛片想い中ですよ。片想い歴が長すぎると、なんだか当たり前になっちゃって。そのうち別に好きな人ができるかもしれないですけど、でも、その片想いの人のことは一生好きなんだと思います」

「そっか……」

「そういえば慧太、彼女できそうですよ」

慧太の名前に、どきっと胸が跳ねた。

「……でき、そう？」

「明日誕生日だし、今日キメるんじゃないですかね」

まだ彼女と正式に付き合ってるわけじゃないのか——なんて、一瞬何を期待したのかと自分を詰《なじ》る。

希望のとおりに過去を変えられそうでよかったと、ほっとするべきだ。

「由弦先輩、飲みますか？」

瓶ビールを掲げて明るい笑顔を向ける絢人に、頷いてグラスを傾《かたむ》けた。

「僕、慧太は由弦先輩のことが好きなんだと思ってました」

グラスに注がれるビールと同じ速度でさらりと。

絢人の顔を茫然と見てしまう。

「で、由弦先輩も、慧太を好きなんだとばかり」

「……な、に、言ってんの」

「ほら、あのキャンプのとき、由弦先輩ちょっと具合悪くなったじゃないですか。で、バンガローでふたりが休憩してて、僕は様子を見に行って、ドア開けたらなんか……ほら、そういうの分かるっていうか、独特の空気っていうのかな。恋人特有の、あれですよ。どんなに隠してても、知らん顔でも、さっきまでエッチしてましたーがバレるみたいな、あれに似てる」

じわりと、背中にいやな汗が滲む。

「……意味分かんないよ」

「でもあのとき、由弦先輩寝たふりしてましたよね。なんでもないのに寝たふりする意味のほうが分かんないですよ」

「恋人じゃない」

「形式じゃなくて、あのときふたりの気持ちが繋がってたかどうかです」

ついに何も言い返せなくなって、由弦はグラスをテーブルに置いた。

「由弦先輩ばかり責めるのはフェアじゃないから、僕もひとつ、秘密をおしえます」

もう分かってるかもだけど、と小さく前置きして、絢人は由弦がその瞬間に想像したとおりの告白をした。

「僕が好きなの、慧太なんだ。もう小学生のときから。長い長い片想いです」

「それは……分かってた、気がする」

心を読まなくても、なんとなく、そういうのは伝わる。

「同じ人を好きになると、分かるっていいますもんね。僕は慧太しか好きになったことないから、ゲイなんですって言っちゃっていいのかな。由弦先輩は、ソッチ、ですよね？」

絢人は好きなお菓子の話でもするみたいに、屈託《くったく》なくそう言った。

「僕たち、ライバルですよ」

「俺は違う」

「あれっ、そうなんだ？　僕の勘違い？　……まぁ、いいや。じゃあ、別の告白しよう」

もったいぶった口ぶりで、絢人は重大な告白前に喉を潤すつもりなのか、グラスにビールを手酌《てじゃく》する。

「おい、未成年だろ」

「飲まないと、さすがに」

由弦がとめるのを無視してグラス半分くらいを飲むと、絢人は苦くてきつい炭酸にぎゅっと眉を顰めた。

「僕、慧太にちゃんと迫ってみようかと思って」

「……え？」

「片想いをずっと続けてくっていう覚悟だったんですけど、今日の由弦先輩見てたら、がんばればもしかして僕でもイケんじゃないかって。慧太は女の子が恋愛対象の、普通の男だったんですよ。それが男もイケるとなると話は変わるっていうか……僕にもチャンス到来だよなって。

もし付き合えて、それでいつか別れることになっても、僕が友だちに戻ろうって言えば慧太も了承するはずです。運良く慧太と結ばれたなら、そのあとにどんな結末が待ってても、思い出だけでも生きてけるなーって。人生一度きりなんだし。そう思いません？」

いっぺんに説明されて頭が真っ白になる。

ようするにこれまでは好きな人をただ静かに見守る恋をしてきたけれど、いただけるものならいただきたいな、無理だったら元に戻せばいいんだし……ということだろうか。

「そんな簡単に……」

「あ、軽い決意に聞こえました？　違いますよ。慧太の相手が女の子ならまだ諦めもつくけど、他の男に取られるくらいなら、自分で取りに行きます。僕の愛は恒久《こうきゅう》なので、試してだめだったら、しかるべき場所に返せばいいかなって。そこも含めた覚悟とはいえ、いざそうなったら今片想いしてるよりきっとつらいですけどね。でも、好きな人といっときでも結ばれる幸せを、本気だからこそ夢見るもんでしょ。本当に好きなら、そこはストレートとかゲイとか、関係ないですよね」

あまりにも分かりすぎて、何も言葉が出ない。

「慧太……例のその彼女と、うまくいかないと思います」

「……なんで？」

気になりすぎて、つい即座に問い返してしまった。

「だって、どこからどうみても自棄なんだもん。今頃、あーやっぱだめだ無理だって、自分と闘ってますよ。そこをどうにかエイヤーでエッチしても自己嫌悪でいっぱい。慧太の性格からいって、そっこーで終了しますね。僕の読み、当たってると思いませんか？」

根が真面目な慧太のことだ。絢人の言うとおりな気がする。

「だからそこを僕がさくっといただいちゃおうかなーって。うまくいかないこと前提です。最悪、由弦先輩の代わりでもいいし」

「……何言って……」

「容姿は似ても似つかないですけどね。でも男同士だったら、べつに妊娠するわけでも、エッチしたからって責任取らされるわけでもなく、僕は文句も言わないという良物件なわけですよ。失恋して思いどおりいかなくて、つらくて苦しくて、自己嫌悪でむちゃくちゃなときって、エッチしたら燃えるだろうな」

「最低だ」

「誰が？　僕が？　最低なのは嘘つきの由弦先輩じゃん」

「分かってるよそんなことは！」

声を荒らげてしまい、周囲がしんとした。

桑原がびっくりした顔で「何、ケンカ？」と問いかけてくる。

「なんでもないでーす！　ちょっと由弦先輩酔ってます。ほら、お酒に弱いから」

絢人の明るい声を聞きながら項垂《うなだ》れると、絢人からグラスになみなみとビールを注がれた。

みんな再びそれぞれの会話に夢中になり、笑い声が上がり始める。

「なーんてね！　うっそでーす」

「……え？」

絢人の言葉に耳を疑い、由弦は顰めた顔を上げた。

「ごめんなさい。試しました、由弦先輩のこと」

「……は……？」

「僕が慧太を好きっていうのも、嘘ですよ。だから僕が狙ってるとかも嘘です。由弦先輩の本心を、聞きたかっただけです。慧太が、今デート中の彼女とはだめだろうなーって思うから、もろもろ心配で」

「それなら……俺の気持ちを探って、……それでなんになるんだ」

「慧太と由弦先輩が結ばれる可能性について、僕なりに気になってたというか。大事な友だちなんで。幸せになってほしいですし」

にこにこと笑う絢人の笑顔が信じられない。今の全部が演技だと？

だって、キャンプのとき、絢人ははっきりと心の中で『慧太が好き』と言ったのだ。絢人の心を読んだから知っている。

絢人は友だちポジションで永遠に慧太の近くにいることを望んでいた。でもストレートのはずの慧太が男を好きになって、ありえないはずのチャンスが巡ってきたと考えるのは当然かもしれない。

つまり今の告白は本心。絢人は慧太のことが好きで、慧太の想う相手が男だから、これまでになく気になって仕方ないのではないか。由弦の動向を窺い、由弦が動かないのだと確認して、絢人は慧太を手に入れるつもり――……。

これが、あがいて過去を変えたせいで生じた歪み、自分に返ってくる報いかもしれない。

絢人の心を今読むこともできる。でも怖い。

どろどろとした嫉妬や、猜疑心《さいぎしん》のかたまりになっている絢人の心を読んでも、気分が悪くなるだけのような気がする。

「由弦先輩？　怒んないで」

ご機嫌を窺ってくる絢人の目が、いくじなし、と笑って見える。

しかし自棄になったからって、慧太が絢人の罠みたいな誘いにのるだろうか。慧太に限ってそれはないと思いながらも、自分を放棄するからこそ『自棄』になるのだ。

「……か、帰る」

立ち上がりかけたとき、「すみません」とよく知る声が聞こえて頭と心よりも先に身体が反応した。

「途中参加でもいいですか」

慧太が座敷の入り口に立っている。暑気払いコンパは不参加、絢人の話によると慧太は女の子とのデート中だったはずだ。

唖然としていると、桑原から腕を掴まれた。

「おー、慧太。ほらほら、由弦も座れ座れ」

桑原の反応を見て察した。桑原がきっと慧太に「由弦が来る」と連絡したのだ。

「慧太とケンカしてんなら仲直りしろ、な？」

ぼそりと耳元に吹き込まれて、桑原のよけいなお節介に頭から煙が出そうになる。

桑原と入れ替わりで慧太が目の前に現れ、往生際悪く再び立ちかけると、慧太が由弦の腕を捕まえてそのままもとの座布団に座らされた。

左側が見られない。慧太と、その横に絢人がいる。公開処刑前の気分で、冷や汗が流れた。

「慧太、デートは？」

絢人の問いかけに、慧太は黙っている。

「……エッチ、してきた？」

小さな声はしっかりと由弦の耳にも届いた。聞きたくない。慧太が今ここにいるからって、デートがうまくいかなかった証拠にはならない。

もう一度腰を上げかけたとき、由弦の左手を慧太が掴んだ。

「桑原さん」

同じように立ち上がろうとする慧太の横顔を見上げる。

「そこのふすま、いっとき閉めていいですか」

「ふすま?」

二間続きで今は開いている真ん中の辺りを指して問う慧太に、桑原は由弦と慧太の顔を見て「おうおう」と頷いた。ケンカの仲直りをする気とでも思っているようで、「ちゃんと話せよ」と嬉しそうなアニキ面だ。

桑原に促されたメンバーがみなふすまのこちら側へ移動した。酔っている者ばかりで、誰も何も気にしちゃいない。

「ちょ、ちょっと」

慧太は聞く耳は持たないといった態度で、ぐいぐいと由弦の腕を引っ張る。なかば転げるようにして連れ込まれ、桑原に「俺がここに座って邪魔させない。見張っとくから」と框《かまち》はきっちり閉じられた。その直後にふすまの向こうから酔っ払った桑原の陽気な笑い声が響いてくる。

「見張っとく」なんてどこまで本気かとても信用できたものじゃない。

背後から慧太の声がして、由弦はふすまの前で座り込んだまま硬直した。

「由弦さん」

さっきより近い距離でもう一度「由弦さん」と呼ばれる。こわごわと振り向くと、そんな由弦を見て慧太は少し悲しそうな顔をした。

四畳半ほどの広さの部屋は、居酒屋なのに外側の喧騒と間仕切りされ、別次元の世界に感じる。

畳《たたみ》の上でぎゅっと握ったこぶしに慧太の手が重なった。何かの映像でも見ているような、信じられない心地でそれを見下ろす。

「由弦さんからなんでか避けられて、彼女つくれみたいなこと言われて、いろいろ……考えたんですけど」

慧太からしたらいきなり冷たい態度を取られて、最初はわけが分からなかったはずだ。その直前まで、万華鏡とパラパラ漫画を交換したり、慧太の家族と一緒にごはんを食べたりしていたのだから。

「合コン行って、彼女できたんだろ」

「……付き合ってみようかなって」

慧太の口から聞くのは相当な衝撃だ。たったそれだけ耳にしても胸が苦しくなってくる。

「誕生日を過ごしたら気持ちも変わるかなって思って、今日……彼女と」

「そ、それ、俺にしなきゃいけない報告っ？」

苛立って慧太の言葉を遮《さえぎ》った。なのに「聞いて」と引き戻される。

「その子と過ごそうと思って、さっきまでたしかに一緒にいました。でも、無理なんだ。そんな簡単じゃない。由弦さんも、そうでしょう？」

「な、何がっ……」

慧太の絡みついてくる指を毟《むし》り、必死に引き剥がそうとする。

「うちでお昼ごはん食べたあとだ、由弦さんが俺を避け始めたの。俺の家族が、変に思い込んだこと言ったけど、あれは悪気があったんじゃなくて」

「そんなの分かってる、関係ないっ」

「……でも」

払っても払っても拭《ぬぐ》えない、慧太の指。放す気はない、とでもいうようにしっかりと搦《から》め捕《と》られて、しまいには――由弦の指も慧太に触れたままでとまった。取り除こうとするのではなく慧太に触れたら、胸の奥の、底のほうからぐっと熱いものが膨らんで、途端に大きく弾けた。

「違う。関係ない。俺はお前のことは、何も」

「じゃあ……どうしてそんな顔をしてるの」

自分の顔なんて気にしていられなくて、言われるまで気付かなかった。

「……なんで、泣くの」

じわりと下瞼から盛り上がって、胸の真ん中から生まれた熱がそこから溢れてくる。一度こぼれたらとめどなくぽろぽろと落ちてきて、由弦は自分で抑えきれない涙に戸惑った。

――だって、お前とは終わるんだ。終わるって分かってるのに。

「由弦さん」

優しい声で呼ばれて顔を上げたら、唇が重なっていた。信じられなくて茫然としてしまう。

少しだけ唇が離れて、互いの吐息を感じるくらいの距離で眸を探りあった。

「どうしたって俺たち、恋しちゃうんだよ」

どんなに抗っても。

鼻の奥がつんとする。泣くのを我慢して醜く歪む唇を塞《ふさ》がれて、嗚咽《おえつ》になっても、慧太はキスをやめてくれない。

意味がないほどのゆるい抵抗をいなされて、慧太の両手が顔を、頭をがっしりと掴んでキスは続いた。


【好き……やっぱ、すげぇ好きだ。好きだ。好きだ……】


うるさいくらいに、慧太の声が響いている。

息苦しさに喘ぐのを逃げだと勘違いされて、ますます強く抱きしめられた。

慧太の舌がついに由弦の熱い粘膜に触れ、夢中で懸命なキスになけなしの理性が崩れる。

ここがどこだか忘れてしまったみたいに、くちづけがいっそう激しくなった。慧太の舌が舌《ぜっ》下《か》を擽《くすぐ》ると、口角から糖蜜のような涎《よだれ》が垂れそうになる。

上顎《うわあご》も頬の内側も、全部を慧太に明け渡し、首の力を抜いたら両腕に優しく包み込まれた。

頭が真っ白になるくらいのキスにとろけて、あまりの気持ちよさに全部忘れて身を投げ出しそうになった——そのとき隣の部屋からどっと笑い声が上がり、ふたりは弾かれたように顔を

離した。

「…………」

どきどきと鼓動が速い。目と目が合ったら、慧太がもう一度キスしてきた。短いけれど、甘い気持ちになるような柔らかな触れ方で。

「隣、二次会の話してる」

「…………」

悲しいとか苦しいとかじゃなくて、眸が潤んで仕方ない。

もう頭の中は慧太に抱かれたいという想いだけ。

「由弦さんち行っていい?」

好きすぎて、慧太のこと以外何も考えられない。

とろりと濡れた眸を閉じて、慧太の背中に手を回した。


駅までの近道で公園を突っ切ろうとして、そこでやっとうしろを振り返った。

追ってくる者は誰もいない。

「由弦さん?」

「……みんなに、黙って出てきて……」

「今頃、ふすま開けて桑原さんが『ふたりが消えた』って騒いでるかも」

「いや……相当酔っ払ってたし、案外忘れられてる……」

絢人以外には。

今更みたいに思い出して、目線を落とした。

絢人に盗られたくない。他の女にも、誰にも。自分の代わりでもいいんだと言った絢人の無償の愛は、彼が言うとおり恒久かもしれないが。

そんなものクソ食らえだ。

駅に向かうつもりだったけれど「タクシーにする」と方向転換した。ちんたら電車で帰ってられない。

考えなければならないことがあるはずなのに、邪魔なものを頭の中から掻き出して蹴散らす。

過去を変えればいい。

世界のどこかの知らない誰かのこと、今目の前にないもののことなんて考えきれない。

強い想いさえあれば過去は変えられる。別れるという選択をしない未来だって創れるに違いない――脳内麻薬でも出ているみたいに、快楽主義的な思考しか浮かばなくて、早く早くと気ばかりが急《せ》く。

「由弦さん。俺……明日、誕生日で」

「知ってる」

「由弦さんが欲しい」

「知ってる」

慧太の手を掴んでタクシーを探す。

「でも擦り合いっことか、舐め合いっことか、そんなんじゃないよ。俺がしてほしいのは」

男との恋愛経験がない慧太に現実を突き付け、タクシーの空車マークに向かって手を上げた。

慧太は察したらしく由弦の手を握り返し、「擦り合いも舐め合いもしたい」なんて言ってくれる。「頼もしいな」と短く返すその内心では、悶えるほど嬉しかった。

「欲しいのは身体だけじゃなくて、由弦さんの心の真ん中も全部……です」

少々軽口だったことを気にしたのか、そのあとにきた純粋な口説き文句に頷きながらくらっとなる。

早く——たった二十分ほども逸《はや》る心を宥めきれず、タクシーの後部座席で指を絡めっぱなしだった。


何度やり直しても、結果は同じなんだろう。

慧太に恋をするし、慧太に好きだと言われたらその想いに応《こた》えないではいられない。求められたからじゃなく、自分も慧太を好きだからだ。

「好き……好きです」

心の声ではなく、初めてリアルな声でその言葉を告げられたら胸が震えた。

繋いだ手からも、慧太の想いが流れ込んでくる。

タクシーの中でも手を繋いだままだったので、その間慧太の心の声は漏れっぱなし。知らん顔をするのがたいへんだった。

【好き。好き……好きだー……】とずっと繰り返して、【由弦さん、絶対初めてじゃないよな】【きのうしてないし触られた途端に暴発しそう】などと大騒ぎで、コンビニの前を過ぎるたびに【なんかいらないのかな】【ゴムとか持ってきてない。いや、いるのかな。誰かと使った残りを由弦さんが出してきたりしたら冷静でいられない】と悶々《もんもん》としていたので、たまらずタクシーを一度とめてもらった。

「ちょっと、いるもの買ってくる。待ってて」と由弦がひとりで降りたときの慧太は無表情。心が読めていなければ「へぇ、余裕だな」という印象だったかもしれない。

由弦のマンションのドアを開け、足を踏み入れて目線が絡んだら、もう我慢しなきゃならない理由などなくて、そこでひとしきり唇を舐め合った。

それからどうにか寝室に移動して、今はベッドで向き合っている。

慧太と繋いだ手を見下ろして、そこから伝わる【好き】を受け取って、頭の芯まで幸せな気分に満たされた。

「由弦さんの、柔らかい笑顔が好きです。あ、普通のときの顔も」

「顔……」

「胸とかケツとか厚みがなくて薄い身体をぎゅうっと抱きしめたくなって」

「そろそろ感動しそうなこと言ってほしい……」

顔を顰める由弦を見て、慧太はふふふと笑っている。

「由弦さんが創り出すものも、好き。あれで心臓鷲掴《わしづか》みにされたかな。ますます興味を持った し惹かれた。あと……俺、喜怒哀楽の表現がはっきりしてる人といるのはけっこう疲れるっていうか、相手の感情とパワーに振り回されるところがあって。由弦さんといるとフラットでいられて、穏やかで、落ち着く。ずっと傍に、もっと一緒にいたいなって」

「……森林浴みたいなこと?」

困惑する由弦に慧太は肩を揺らして笑い、「とにかく好きってこと」と乱暴に纏めた。

「言葉で伝えるのむずい。『好き』だけじゃ伝わんないかなって思ってがんばったけど。ガラスみたいに、俺の手でかたちにできたらいいのに」

「万華鏡、くれただろ。あれに込めてくれたんじゃないの?」

「詰めたよ。俺、誰かひとりに何かを創りたいって思ったの初めてで、そこに気持ちを込めたことはなかった」

きらきらと目映《まばゆ》い色と光で。慧太が創る万華鏡はとても饒舌なかんじがした。芸術家肌のやつって得てしてそうかもしれない。

「由弦さんが好きです」

「俺も……慧太が好きだよ」

それはいつからだったのか。タイムリープしたせいで自分にとっては再会で、つまり最初から慧太を恋する目で見ていたはずだ。

では当時はどうだっただろうか。慧太がやたらなついてきたあたりからヤバいなーと感じて線引きするつもりがぜんぜんできなくて、とどめにあんな素敵な万華鏡を「あなたのために」とプレゼントなんてされたら……。すとんと恋に落ちるのを誰がとめられるのかおしえてほしい。

これはかつて終わった恋心をなぞっているだけだろうか。それとも、もう一度慧太に恋をしたのだろうか。

分からない。今の自分は、二年以上あとの自分で、当時の嘉島由弦ではない。実際あった過去を少し変えてしまったのだし、違う道を辿って、同じ人に二度目の恋をしたのかも。

慧太に今日ふられた女の子は、きっと自分のこの行動のせいで悲しい思いをしているに違いないと思うと、同情は許されなくても胸が痛む。

タクシーに乗ってこうして時間を置いたために、少し冷静さを取り戻してしまっていた。

「由弦さん……何考えてる？」

「どうしても抗えない恋について」

薄く笑うと、慧太も同じように微笑んだ。

——どんなに抗っても、どうせ恋しちゃうんだ。

こんなに大好きな人は由弦の人生にいなかった。これから先も、これほど好きな人は現れないと思うほどに。

今なら、少しだけ絢人の言っていることが分かる。どんなに新しい出会いと恋を重ねても、それを覆せない恋をしてしまったのだ。結ばれなくても、いつかほどかれるとしても揺るぎなく、一生この人だけは特別なまま。

「もうどうしようってくらい、慧太が好きなんだ。ほんとに、どうしたらいい？」

タイムリープしたことを綺麗さっぱり忘れる方法はないんだろうか。邪魔な記憶は一瞬蹴散らせても、こうして冷静になった瞬間にリアルが戻ってきて「どうせ終わるのに」と由弦を詰る。

「俺のことだけ考えて。俺のことだけ見てて」

慧太の指が服の下に潜り込んでいくのを目で追う。指先がいきなり臍《へそ》に触れ、ちょっと笑ってしまった。ぴくぴくと波打つ薄い下腹部をいたずらに擽られて、ちらりと目線を上げるのと同時に掬《すく》い取るようなキスをされた。

唇を押しつけられ、捲られて、開いた歯の隙間から慧太の舌が入ってくる。

たくしあげられたカットソーを剥ぎ取られ、ズボンのベルトとボタンを緩めて下着ごと引っ張られた。

自分が何をされているかも、慧太がTシャツを脱ぐ姿も、見ててと言われたとおりにする。

――初めて会った日に着てたTシャツ。

慧太が居酒屋に現れた瞬間に気付いて、今日慧太とこうなるのかもと直感した。

「身体までかっこいいな。腕とか胸とか、すごい」

「……ガラスってけっこう肉体労働だから」

ぽかんとした頭で、綺麗な筋肉がついた胸と腕を撫でた。こくりと喉が鳴る。これに組み敷かれるんだと思ったら、触れられもしないうちから下肢《かし》がじんと疼いた。

「今えっちな想像した？　男ってそういうのすぐバレるね」

なんのためらいもなく慧太の指が欲望もあらわなそこに触れる。軽いタッチなのに、それだけでびくびくと反応してしまい、目を背《そむ》けないではいられない。

「だめ。ちゃんと見てて」

足を投げ出して座る由弦の間で、慧太に手淫《しゅいん》される――それを見ててと命じられて、まるで催眠術にでもかけられたようにそこから目が離せなくなった。

手筒を数度、上下に往復されただけなのに鈴口が濡れる。慧太は唾液を落としたぬるぬるの手のひらで由弦を擦り立てながら、もう片方の手でその先端の蜜を広げた。

【由弦さん、感じてる……先っぽ濡らして、……嬉しい】

ことさら敏感な先端を弄られたら、はっ、はっと短く跳ねる呼気を抑えきれない。薄く開いた唇が熱い吐息でしっとりと濡れる。その唇を吸われて、下はぐちゃぐちゃのペニスを両手で捏《こ》ねられるのがたまらない。

「け……た、慧太、口で。俺もするから」

「え？」

言われていることを理解できない様子なのもお構いなしで、慧太の下半身を両手で引き寄せ、首を擡《もた》げた慧太のペニスを掴む。慧太の反応は待たずに、いきなりそこを口に含んだ。

「ゆ、由弦さっ……」

「慧太も、して」

当時はノンケの慧太がそこを触ってくれるのか、口でできるのか不安しかなくて、いちいち反応を窺っていた。

でも今の自分は知っている。慧太は拒否も戸惑いもなく、この柔らかさも膨らみもない薄い身体に欲情して愛してくれるのだと分かっている。

慧太の口内に呑まれて、ぶるりと腰が震えた。咥《くわ》えられただけなのに、もう弾けそうだ。

だから懸命に由弦も頭を振った。ペニスに舌を押し当てて深く呑み込み、強く吸い上げる。

「ゆづ、由弦さんっ……！」

「やめないで」

腰を押しつけてねだると、慧太が深々と咥え込んでくれる。

口いっぱいに頬張って慧太の先走りの味が広がったら、感じてくれているのが嬉しいのと同時に自分のペニスが大きく膨らんだ。

驚いたようにとまった慧太の口の中に、熱いものを弾けさせる。全部呑んでほしくて、腰を浮かせては吐精《とせい》した。

気持ちよさに酔いしれ、慧太のペニスを余すところなく愛撫し、きつく吸う。ほどなくして、慧太も由弦の喉の奥で極まった。

はぁっ、はぁっ……と互いに荒い息遣いが収まらないまま、とろとろと溢れてくる残滓《ざんし》を舐め合った。

内腿《うちもも》も脹《ふく》ら脛《はぎ》もつま先も、慧太の身体の届くところ全部を口に含む。慧太も同じように隅々まで指で触れ、味わって、反応が顕著なところはしつこいくらいに弄ってくれた。

「ん、やっあ……」

四つん這いになり、後孔の窄《すぼ》まりを口でほぐされるのと同時に乳首を捏ねられたら、尻を揺らして悦《よろこ》んでしまうのを恥ずかしいのにとめられない。

乳首がぷくりと腫《は》れるほど指で揉まれたあと、その手は由弦のペニスを掴んだ。蕾《つぼみ》に舌先を押し込まれて内襞《うちひだ》を擽られながら手淫されると、柔らかい肉にざあっと鳥肌が立つ。

「慧太っ……！」

【うしろ……ひくひくしてる……もっとしてほしそう？】

「ゆびっ……を」

挿《い》れてほしいと伝えるために、自分の中指をそこに引っかけて拡げようとすると、慧太にそれをとめられた。

「俺がする」

何度も唾液で湿らせたところに、慧太の指が入ってくる。ごつごつとした指の節が窄まりに沈むたびに、由弦は何度も腰を跳ねさせた。

「あぁ、あぁっ……けーたの、指っ……」

「気持ちいいの？　俺の指が？」

「あーっ、んっ、あ……う」

中でも折り曲げたり伸ばしたりして、骨の出っ張りを感じさせられるたびに由弦は声を上げた。指でされてるだけでこれじゃあ、身体を繋げたらどうなってしまうのか。

少し出っ張った中節が、入り口の縁に何度も何度も潜り込む。

「あぁ、だめっ……それ、いっ、ん、はっ、はぁっ」

【……あぁ、挿れたい。指じゃなくて、早く、挿れたい】

求められるのが嬉しいけれど、すぐには繋がれない。

早く慧太の全部が欲しい。身体のいちばん近くで、深いところで受けとめたい。

「ごめんな」

「え？」

うしろを振り返って手を伸ばすと、慧太が指を絡めてくる。

「今すぐにでも、挿れたいよな……俺もそうしてほしい、けど」

面倒だと思われたくない。すぐに繋がれないのは、本当はしちゃいけないことなんだ、と神様が試練を与えているからかも、と思ってしまう。

「分かってるよ。男だからよけいに、大事にしなきゃって思う。俺のすることで、痛くさせたくないし」

年下の男にきゅんとさせられるのがちょっと悔しいのは、きっと自分も男だからだ。

引き寄せた慧太の指先にくちづける。

「慧太を、俺の身体でイかせたいよ」

慧太は切なげな顔で身を寄せて、由弦の唇にキスをした。

【好き。好きだ。好きだ……】

欲情しているせいで、心の声も掠れて聞こえる気がする。

慧太の言葉のとおりとても丁寧に準備を施されて、いざ繋がるときは由弦のほうが気持ちが急いた。

初めては、本当は顔を向かい合わせたかったけれど、互いのためにいちばん負担にならない方法を選んだ。

うしろから深いところまで硬く反ったものを沈められて、ようやく下肢がぴたりと重なる。奥壁を突かれてじいんと痺れる感覚と、感動で心が震えて鼻の奥がツンとする。こらえる喘ぎも涙声になってしまい、慧太に顔を掬い上げられて覗かれた。

「由弦さん……？　まだ痛い？」

優しい声で問われて、違う、と首を振る。

身体中が好きだと叫ぶみたいで、こんな想いをどんな言葉にしても陳腐になってしまう気がして、ちゃんと吐き出せないのが苦しい。でも分かってほしい。

慧太と別れて再びこうしていることに悦んでいるのか、抗っても恋しないではいられなくて想いを遂げたことに感激しているのか、それともあの頃の自分と今の自分がオーバーラップして過去の感情を体感しているせいなのか――とにかく気持ちが変に昂《たかぶ》ってしまって、涙が滲むのを自分でとめきれない。

「よすぎて……、変なんだ……」

悲しいわけでも痛いわけでもなくて、うしろからしっかりと抱擁されるのが幸せで、譬《たと》えようのないほどの悦びが溢れるのだ。

ベッドについた腕で上半身を起こし、首を伸ばして慧太とキスをする。体勢が窮屈でも構わない。キスしたい。

「ゆづ、るさん……抜けちゃう」

ぐっと押し込まれて、喉の奥で小さく悦びを滲ませた悲鳴を上げる。後孔が瞬間的に収縮し、今度は慧太が「んぅっ」と鼻声を漏らした。

由弦の肩口に「気持ちよくて……やばい」とひたいをすりつけられる。そこからちらりと目を覗かせる慧太の眉間《みけん》にキスをして、鼻筋を下り、唇まで。

舌を絡ませてくちづけたまま奥を掻き回されて、苦しい幸福感に満たされる。

キスをほどいたら、入り口から奥へ緩やかに抽挿《ちゅうそう》が始まった。やがて視界がブレるほどずんずんと突き上げるストロークに変わり、背骨から脳天まで痺れが走る。

「はぁっ、あっ、あ、んっ、ん！　っ！」

声を、息を弾ませて、慧太の律動を全身で受けとめた。

【顔が見たい。感じてる顔が】

「由弦さん、前からしよ」

いっときでも繋がりをとくのがいやで、「抜かないで、して」とお願いする。

苦労して体位を変え、やっと向かい合ったら嬉しくて、互いが溶け合うほど抱きしめた。

「できた」

たいそうな工作でも完成させたかのような慧太のひと言に思わず笑いがこぼれる。

「笑わないで」

「慧太、かわいいな」

「ヘタでごめん」

「からかってるわけじゃないって。ほんとに、かわいいなって。なんかもう、愛しいよ」

じいっと間近で見つめられて、微笑み返せば、慧太の眸はとろんととろけた。心が読めなかったとしてもよく分かる表情で【好き、好き】と訴えてくる。

キスを誘って唇を近付けると、慧太が目を閉じて、その睫毛《まつげ》が短いのすらかわいい。

首筋に両腕を巻き付けて、両脚は慧太の腰に巻き付けて、舌を絡め合う。どこもかしこも触れ合えばとてつもない多幸感で、全身が慧太に溶けてくっつく気がした。

「慧太……腰振って」

快感に眉を寄せた慧太が、息を弾ませて上で腰を揺らす。

隘路《あいろ》をにゅるにゅると硬茎《こうけい》で擦られて、そこで生まれる熱が喜悦《きえつ》に変わる。

「あ……ふ、うっ……あっ……もっと強く、していい」

「さっきくらい？　前からだと、身体がキツいかなって」

「いいからっ……欲しいなら、本気できて」

傷つけてはならないと気遣う優しさも嬉しいけれど、欲しがる姿が、顔が見たい。

由弦は慧太の腕に手を添えて、そこに力を込めた。慧太の身体が大きく動きだすのを、ベッドについたその腕の動きでも感じるし、ベッドの軋《きし》む音でも、肌がぶつかる音でも伝わる。

「由弦さんの、イイとこおしえて」

【前立腺《ぜんりつせん》、どこ。イかせたい】

自ら枕をたぐり寄せて腰の下に噛ませ、慧太との角度を合わせた。

「あっ、あ、そこを、先っぽの……カリのでっぱりんとこで引っ掻くみたいに、擦って」

「言い方えろいよ……！」

勘が良すぎるのか軽く動くだけでちょうど胡桃《くるみ》状のしこりの部分に当たって息を呑み、ぎゅっと慧太の腕を掴む。

「あ……ここ……？」

答えるより身体の反応のほうが明らかだった。優しく捏ねられて、喘ぎも甘くなる。

「あっ……、あっ、んぅっ……」

腰を固定された状態で狙いを定めて硬茎を突き挿れられると、快感にきゅうぅっと内襞が収縮するのが分かった。そこを抜き挿しされる間、自慰《じい》をするのが気持ちよくてたまらない。

【ゆ、由弦さん、自分の擦って……】

「腰とめちゃや、だ……もっと、あ……」

自慰の手をとめられ、慧太にそこも握り込まれる。うしろと前を同時に、慧太の好きにされてますます気持ちも身体もこれ以上ないほど昂った。

「す、ごいっ、あぁっ、慧太っ……ぅんっ……やっ、あぁ、んんっ……！」

当たる角度や強さを変えながらもそこに狙いを定めて擦り上げられ、永遠に続くかと思うほどとめどない絶頂が由弦を襲った。

【好き、好き、由弦さん……気持ちいい、気持ちいい】

「け、けーた、慧太、お願いっ……俺のっ……俺の身体でイッて」

懇願《こんがん》に、慧太が手を繋いで応えてくれる。

先端まで硬く嵩《かさ》高いものが入り口の襞を捲り上げて出て行くと思わせて、収斂《しゅうれん》しているところをいちばん奥へひと息に沈められる。それを何度も繰り返されたら快感に脳が痺れて訳が分からなくなった。

「由弦さんっ……あ、はぁ、イきそ……イきそうっ」

【好き……、好き……！　好き！】

「俺も好き、あぁ……好き……慧太、んっ！　っ……！」

どしゃぶりの雨みたいに「好き」と繰り返され、心の声に返してしまったことには気付かない。しかしどっちにしろ互いにおかしいのかどうかを判断できる状態になかった。

ぐちゃぐちゃに掻き回されて、息ができない。声も出ないほど感じて、ぎゅうっと慧太にし

がみつく。揉みくちゃにされていたペニスの鈴口から精液が迸《ほとばし》るのも強烈な快感で、気を放しそうになった。経験のない絶頂感に、全身が痺れる。

自分がたった今吐精したもので下腹が濡れ、慧太と繋がった最奥《さいおう》には熱いものを何度も叩きつけられるのを感じた。

慧太を奥深くに呑み込み、そこが悦びで痙攣《けいれん》している。

呼吸が整わないせいで朦朧としているのに、慧太の重みは心地いい。

「由弦、さん」

「……どうしよう、放したくない」

しがみついた状態でそんなことを言われても困るだろうに、本気で、心からそう思う。

——もうこのまま……タイムリープしたまま、この世界に生きられたらいいのに。

頭が幸せにとろけて、慧太と抱き合うこと以外を考えられない。

あの頃も、慧太とのセックスは悪い薬みたいに由弦を夢中にさせた。

慧太のほうは、もしかするとそれ以上に。

慧太は硬度を保っているペニスを半分くらいまで抜いて、「俺も……抜いてあげない」とうっすら笑う。

中を濡らした精液ごと再び押し戻されて、由弦は腰を震わせた。

スマホの着信音が鳴っていたのを履歴で確認すると、発信元は絢人だった。

名前を見たら一瞬頭が白けて、スマホの画面を伏せてサイドテーブルに置いた。現実に連れ戻されそうになり、もといたベッドに潜り込む。

寝乱れたベッドでうとうとしている慧太に抱きついて、逞《たくま》しい腕にひたいをすりつけた。

「由弦さん？」

勝った気にはならない。絢人は何があろうと、慧太を想い続ける。最初から勝負にならない次元にいる男だ。

「……慧太、眠い？」

さっきスマホで見たら、午前二時だった。

問いかけると、慧太が身体ごとこちらに向いて「ううん」と首を振り、由弦の髪をゆるゆると撫でる。

「シャワー浴びた？」

「中で何回も出すから……うしろぐちゃぐちゃだった」

慧太の手のひらがさらりとした触り心地の臀部《でんぶ》を滑り、まだ湿り気の残るそこを確かめるように指先で触れてきた。

くすぐったくて笑うと、そのまま腰を抱き寄せられて、指を一本忍び込ませてくる。

「けーた」

非難なのかどうかも怪しい声色で名前を呼んだところで、指の動きはとまるわけがない。

「また汚したくなる」

くちづけられながら、慧太の腕を縋るように掴んだ。いたずらに内壁をなぞられると、前が反応するのが触れ合う相手にも伝わってしまう。

中を弄る指はすぐに二本に増え、出し挿れされるともうそれは戯《たわむ》れではなく、セックスするための前戯《ぜんぎ》でしかない。

「慧太っ……」

のって、と腕を引かれて誘われ、仰臥《ぎょうが》した慧太に跨《また》がった。脚を大きく開いて、反り返った慧太のものを自ら掴んで後孔に導くのも、彼の上で淫《みだ》らに腰を振ることも、もう何も恥ずかしくない。

「あぁっ、はぁ、はぁっ」

腰を掴まれて下から激しく突き上げられ、首を反らしながら揺さ振られると、脳貧血と強烈な快感とで気が遠くなる。意識を手放す寸前に、身体を起こした慧太に抱きとめられ、キスのインターバルでどうにか気を繋いだ。

ほんの短い小休止。ゆるゆると腰を使われて、上手に胡桃を捏ねられる。

「あっん、けー、たっ……あっ、あっ」

「こうされると、すぐイきそうになるよね」

「やっ、あっ」

両脚を抱えられ、慧太の首筋にぎゅっとしがみついた状態でひとしきり蹂躙《じゅうりん》された。快感でのぼせたみたいに身体中が熱く高揚する。

抱きついたままベッドに背中から戻され、とろけた後孔に熱い屹立《きつりつ》を打ち込まれて、これでもう何度目なのか分からない絶頂に身を投げた。

抱き合って眠って、午前六時過ぎに目が覚めて、視線が絡んだタイミングでキスをしたら、触れ合うだけで終わらない。口を開いて舌が絡まりあったときにはもう始まっている。

頭の奥まで痺れるくらいに、慧太と気持ちいいことをしていたい。慧太に愛されてると、言葉と身体で感じたい。

サカリの付いた動物みたいにやめられないのは、この恋はいずれにせよ終わることが分かっているからだろうか。


夏休みが明けてからは、大学での勉強、課題、ときどきバイト。サークルにはほとんど顔を出さなくなった。慧太も同様に。桑原のもくろみは由弦と慧太を仲直りさせるだけだったはずだ。それがセックスまでして、互いに夢中になっているとは思いもしないだろう。

同じ大学に通う学生で、画家や彫刻家、音楽家を目指しているような人間は夜遅くまで創作活動と鍛錬《たんれん》に勤しみ、腕を磨くことに膨大な時間を費やしている。

由弦と慧太にとって、夜は、ふたりきりで会うための貴重な時間になった。

慧太が実家の仕事を手伝うのに合わせて、由弦はバイトを入れる。由弦の部屋でふたりで会える時間が生活の中心で、すべての基準になった。

「もう、由弦さんの気持ちいいとこも、どんなふうにすればイきやすいかも分かる」

ソファの座面に両肘をついて、膝立ちのうしろから突き込まれ、身体を大きく前後に揺らされる。抱かれるたびに慧太がくれる深すぎる快感に身も心も耽溺《たんでき》した。

——慧太に愛されているのだし、このままこちらの世界で生きていけばいい。

最後の律動に悶え、由弦も腰をがくがくと振った。

「……あ、だめ……イく……！」

臀部も内腿も、すぎる快感に震えている。鈴口からとろりと蜜を滴《したた》らせ、何度もイかされる。もう射精しなくてもドライで絶頂するから際限がなくなっていた。

何度も繋がり、慧太が由弦を抱きしめて耳朶《みみたぶ》にキスをしたり、指を絡めたりしながら、事後の甘ったるいお喋りをしたりする。あまりにも幸せで、一日中慧太の腕の中にいて時間の感覚もなくまどろんだりした。

タイムリープしてるなんてありえない。きっと奇妙な夢を見ていたのだ。今起こっている、こっちが現実だ――……。

快楽しか受け付けない頭で、都合のいいことばかり考えてうっとりする。まるで得体の知れない何かから逃げているようだった。


今日は慧太に会える。きのうとおとといは、ガラス工房の仕事が忙しくて会えなかった。

課題を提出し、何か他の提出物を漏らしたりシラバスが変更になっていないか確認してから、帰る段階になってスマホをポケットから取り出した。

慧太に『今日、何時ごろ来る？　晩ご飯は一緒に食べる？』とメッセージを送る。

それに対する返信にどきっとした。

『晩ご飯は家で食べてくる。最近遊びすぎだって言われたから』

慧太と付き合い始めて、爛れた生活を続けること二カ月ほど。慧太は家の仕事が忙しいときは帰るものの、ほとんど由弦のマンションに入り浸りだ。

単位を落とすようなことだけは許されないし、勉学が学生の本分と弁《わきま》えておろそかにはしないけれど、そのほかがまるっとないがしろになっている。

『無理しなくていいよ。明日会えるなら』

本当は会いたい。会って抱き合いたい。

気持ちを抑え、ときには年上らしくふるまって一歩引くべきかと思い、そう返した。

またすぐに返信が来た。慧太は今実家で仕事を手伝っているはずなのに。

『俺は今日会いたいよ。おとといから会ってない……由弦さんとえっちしたい』

ストレートすぎる内容に思わず笑ったとき、「由弦」と呼びとめられた。

少し慌てた様子の桑原が立っていて、なんだろう、といやな予感がよぎる。

「ちょっといいか。部室で話そう」

それからふたりで部室に入って開口一番のため息とともに「こんなの置いてあった」とA4サイズの用紙を見せられた。

『嘉島由弦と小田切慧太は、部室で淫行している』

「えっ？」

「身に覚えは」

桑原の表情は険しい。由弦は印字されている内容が衝撃的すぎてもう一度読み返した。

ばくばくと胸がいやな強さと速さで動悸している。ぞっとするのに、汗が滲み出す。

尋常でないほど緊張するのには理由があった。

「ない、……ないよ」

由弦の顔色を見て、桑原は眉を寄せ「ほんとにか」と念を押してくる。

「ない。誓ってない」

ぶるぶると首を振った。「ほんとに、ない」ともう一度繰り返す。

「小田切とふたりで部室に女の子を連れ込んでヤってるって……いやぁ、お前に限ってそれはないわー、と俺も思ったんだけどさ。普通に考えてなんの根拠もなくこんなこと書くやついるかなって……」

桑原の見解を聞いて、頭の中は混乱した。

小田切とふたりで女の子を連れ込んで——桑原みたいな普通の性癖の男は、この文面を読んでまずそんなふうに解釈するものなんだろうか。

「まぁ……この密告文は最初に俺が見つけて、他には誰も見てない。でも、たんなる噂話であってもこういうのはよくないからさ。ほら、うち学内飲酒禁止っつってるくらいだから、マズイだろ。サークル解散、とかなるとさ」

「ほんとに……何も……」

していない。そこを突き通すしかない。

実をいうと、秋のキャンプスケジュールを慧太とふたりで桑原に任されたことがあって、そのときはこの部室にふたりきりだった。互いの顔が近付いたとき、ついキスしそうになって……それだけとはいえ、あれをもしも誰かに見られていたら。

「とにかく、気になることがあったら言えよ」

「分かった。桑原……ごめん、心配かけて。いろいろ気をつけるよ」

桑原は「これはシュレッダーにかけとく」とひとまず納得してくれた。

過去を変えたせいだろうか。かつてと少し流れはちがっているが、似たようなことはあった。あのときは人から人への噂話で、こんなふうに紙切れ一枚で密告される展開ではなかったのだ。

『由弦くんって、慧太くんと……デキてるって噂だよ』

サークルの女の子から飲み会の席でこそっと耳打ちされたときには、すでに噂に枝葉が付いた状態だった。サークルの部室をホテル代わりにしていちゃついてるとか、やはり身に覚えのないもので。

人伝《ひとづて》に広がる噂のほうがたちが悪く、とめようがなくて放っておくしかなかった。違う、そんなことしていないと否定しても内容が内容なだけにその場では理解したふりで、「そりゃ肯定できないよな」という具合だ。まったくの事実無根ならいつかは『たちの悪い噂話』になっただろうが、なまじ本当に付き合っていたからサークルにもいづらくなって……。

桑原が部室から出て行き、由弦はそこにあるソファにごろんと寝転んだ。

幸せボケしているのか、自分が過去に迎合《げいごう》しているせいか、物事が起きる寸前まで過去にあっ

たことを思い出せないときがある。

しかし過去の事実と少し違っていても、結果的には大きく変化していない。そういえばこんなことあった……と気付いたときには、そこへ、導かれているのだ。

どんなに甘い蜜月《みつげつ》を慧太と過ごそうと、この先で別れるという結末は変わらない証なのか。

由弦はぎゅっと身体を丸めて縮こまった。

本当にそうなるんだろうか。このまま慧太とずっと一緒にいたい。

もし妙な噂がはびこることで大学にいづらくなったなら大学をやめて、それで慧太といられる——首をぶるぶると振った。やめれば一緒にいられるなんて保証はどこにもない。

どうやったら永遠に一緒にいられるか。別れる結末しか知らない由弦に、分かるわけがなかった。


いやなことを忘れるため、現実から逃避しようと、慧太との時間に頭までどっぷり浸る。

慧太は家で家族との食事をすませたあと、由弦の部屋へやって来た。

『俺は今日会いたいよ。おとといから会ってない……由弦さんとえっちしたい』に返事をしなかったので、会ったとき慧太は少し不安げな面持《おもも》ちだった。あれからまさか密告文について桑原から追及を受けていたとは言えない。

「タイミング逃してそのまま忘れてたら慧太が来てくれたから」と弁解すると「また避けられてるのかって……焦った」と俯いた。一度こっぴどく突き放したことで、慧太の中に小さな傷を残してしまったのかもしれない。申し訳なかったなと思う一方で、かわいいなと愛おしさで胸がいっぱいになる。

自分の一挙手一投足に振り回される年下の恋人。いじわるをするのが楽しいわけじゃなく、自分に夢中になってくれているんだと感じるのが嬉しいのだ。

その代わり、ベッドでは自分が翻弄《ほんろう》されている。慧太のしたいように嬲《なぶ》られて、苛《さいな》まれても、求められるかぎりは喜びだ。

「……あっ、あ、んっ……ふ……」

柔らかな後孔に硬く反ったものを焦《じ》らすように浅くゆっくり、音を立てて抜き挿しされて、快感を溜めるだけ溜めて絶頂を引き伸ばされている。

慧太が上で目を瞑って、はぁっ、と喘ぐのを見上げたらきゅんときた。自分の身体で、慧太が快感にたまらず声を上げている——それに煽られる。

「すごく……気持ちいい……由弦さん」

【溶けそう……やめたくない。ずっとしてたい】

由弦を見下ろす慧太の眸がとろんと濡れている。手を繋いで、くちづけながら甘ったるい言葉と声をこぼす唇を舐め合う。

「俺も……ずっと……あっ、けーた、あっ……ん、あ……」

くぷ、くぷ、と卑猥《ひわい》な音を響かせ、引き抜いては深く沈める抽挿が気持ちいい。

「……入り口も奥も、気持ちいい？」

こくこくと頷くと、胡桃に当たる角度を狙って大きなストロークでピストンされる。

半泣きになるほどの快感を延々与えられていれば、腑《ふ》抜《ぬ》けた頭では何も考えきれない。

もっと気持ちよくなれる場所を求めて由弦も奔放《ほんぽう》に腰を振る。息の仕方すら忘れて、気を手放すほどに。

その翌朝、ガラス工房の仕事を手伝うと約束していた時間を忘れていたため、家族からの電話で叩き起こされた慧太が大慌てで帰っていった。

数時間前までたしかにここにあった幸せな時間。

ベッドの中に残った慧太の温もりに包まれて、まだまどろんでいたい。

スマホの音に意識を引き上げられて由弦はサイドテーブルに手を伸ばした。

ステンドグラスの万華鏡の横に置かれたスマホを確認すると、発信元は絢人。応答ボタンをタップして、取り繕う気もなく寝ぼけ声で挨拶する。

『……寝てたんですか』

「うん……でももう起きた」

『今さっき、僕のところに慧太のお母さんから電話かかってきました』

「……絢人のところに？」

なんだろう、と気になって身体を起こし、脚をベッドから床に下ろした。

頭がまだぼーっとしていて、既視感があるのに思い出せない。タイムリープの影響なのか、最近よくあるやつだ。

『慧太の彼女ってどんな子？　って訊かれました。由弦先輩のところだって言って出る日もあるらしいですけど、慧太が夏頃から毎日のように入り浸ってるみたいだからって』

絢人の声に「こういうの迷惑なんですよね」というニュアンスが含まれているのを感じて、由弦は項垂れた。

そうやって俯きながら、慧太は付き合っている自分のことを『彼女』と説明してるのだろうか、と些細な部分に引っかかる。親を心配させまいとしてそういう嘘を言ったとしても仕方ないと分かっているけれど、心を抉られるのは由弦自身とめようがない。

「……ごめん」

『今まで一度だってこんなことなかったのに慧太が変わったたって、慧太のお母さん……困惑してました。僕もなんて答えたらいいんだろって、正直困って』

「……うん……ごめん」

謝るしかなくて、謝罪の言葉を繰り返す。

『慧太が一緒にいる人、まさか悪いことしてるような人じゃないわよね、って最後に心配してたから、それはないですって答えましたけど……。慧太の将来とか、あっちの家族のこととか、由弦先輩ももうちょっと考えてくれませんか』

ざくりと刺さる絢人の苦言がこたえて、由弦はシャツの胸元をぎゅっと握りしめた。

『あと……大学内で噂になってますよ。慧太と由弦先輩』

「え……？」

『ふたりがデキてるって。女の子たちの話ではなんか……変なビラがあったらしくて』

きっと桑原が見つけた『部室で淫行している』というあのビラと同じなのだろう。たしかにああいうことをするなら、ビラ一枚なわけはない。

『派手にバラまかれてたとかじゃないとはいっても……桑原さんは違う解釈してたし、だから噂は女の子を連れ込んだ説とふたつ拡散してるみたいです』

「……きのう……俺も見せられた。でも事実無根だ」

絢人も真に受けていたのか、『……だったらいいですけど』と少しほっとしたような声を出した。

『あれ、僕じゃないですからね』

「そんなこと疑ってもいない」

絢人が、慧太まで巻き込んで対人的、立場的に困らせるようなまねをするはずがないからだ。

『とにかく噂が沈静化するまで……大学内、外ではとくに、気を使ってください』

いろいろ言ってすみませんでした、と最後に謝られて絢人からの通話は切れた。

絢人だって、言わなくていいなら言いたくなかっただろう。慧太のことが絡んでいるから、我慢ならなかったのだ。

慧太の家族のことも気がかりだが、噂の発端となっているビラを無視できない。

きのう桑原から話を聞いたときは一枚だった密告ビラ。それが今日はどうやら複数存在していたことになっている。

確実に何かに包囲されて切迫していく息苦しさを覚えて、由弦は眉を顰めた。

抗っても慧太を好きになることをとめられなかったように、じわじわと、過去の力が及ぶのを感じる。

このまま慧太への想いを貫いて関係を押し通そうとすれば、たとえば大学内での慧太の立場が危うくなったりするんだろうか。今はまだ小さなコミュニティ内で収まっている噂話が、そのうち収拾が付かないほどに広がって、慧太の将来を潰してしまったら……。

世界的に名の知れた父のガラス工房を継ぐ決意のもとに、慧太はガラス造形を研究するため大学院へ進むことも視野に入れている。それを揺るがす方向へ、自分が連れて行こうとしているのではないか。

過去より悪い結果を招いていたら、どうする？

「…………」

慧太に対して快楽しか与えてやれない自分は、恋愛以外の部分で慧太と一緒にいる必要性や高め合う存在意義より、妙な噂を駆り立てて慧太の首を絞めるだけの首枷《くびかせ》になりはしないのか。

手の中でスマホが鳴った。発信元を見下ろして、胸がぎゅっと縮こまる。

ニューヨークで暮らす絵本作家の母親からの着信——これがなんの電話か由弦には分かった。

由弦をニューヨークへ呼ぶための、母親からの電話だ。

日本へ帰国した際に見た由弦のパラパラ漫画を、母はニューヨークへ持ち帰った。そして、ディレクションしているアートセレクトショップに、製本したパラパラ漫画を商品として置いたのだ。

それを複数のバイヤーが買い付け、作品に目を付けたニューヨークのデザイン事務所から仕事を一緒にやらないかと声をかけられる。タイムリープ直前に由弦が広告部門のデザイナーとして所属していた会社だ。広告制作、パッケージデザイン、商品企画も行っている大手で、つまりパラパラ漫画がきっかけでスカウトされたのだった。

二年の歳月をかけ、由弦の作品は世界のあちこちでひそかに広がり始める。

ドイツの小さな書店、フランスの雑貨店、スウェーデンのインテリアショップから芽吹いた手のひらサイズの冊子。

クリスマス商戦に突入するとニューヨークでも、恋人や家族、遠く離れた大切なひとに、その小さなプレゼントは届けられた。あたたかくささやかな幸せを受け取った人が、また別の人にそれを紹介する。いわゆるクチコミだけで注目される作品となるのだ。

最初は紙に描いたアナログ作品は、世界のあちこちに広まったのちにデジタル化された。そしてインターネットでアニメーション動画として配信されたことがきっかけで、プロモーションビデオの制作など、新たな仕事に繋がっていく。

そんな未来を大学三年の頃には想像だにしなかった。

この電話に誘われ、最初は、日本を離れている間に大学内での下世話な噂話が少し落ち着けばいいとの軽い気持ちで渡米したのだ。それが結局、慧太との別れのきっかけをつくった。

このまま、この電話が切れてしまえばいいのに――そう思って、着信音を鳴らし続けるスマホを見下ろす。

着信音はとまらない。まるで、「お前がこの電話に応答するまで着信は鳴りやまないよ」と嘲笑《あざわら》うかのように。

我慢くらべをしているつもりでスマホの画面を睨《にら》む。前かがみになり身体を揺らして、早くとまれと願う。

やがてスマホは、しん……と静かになった。

運命をやり過ごし、慧太とこの世界で生きる未来だってあるんじゃないかと夢を見る。

しかし、タイムリープしても過去は変えられないのだ。

世界が滅びてもいい、誰かが不幸になってもいい、自分や慧太の未来がだめになってもいいなんて、結局そんな自分勝手な覚悟は絶対にできない。

「いやだ……いやだ……」

慧太と一緒にいたい。

再びスマホが着信音を奏《かな》で、由弦はびくっと肩を跳ねさせた。

画面に表示される母の名前。逃げても無駄だ、この電話を取れ、と急かすように着信音が大きく部屋に響く。

過去の力からは逃れられない――分かっているのだ。過去を変えればいいというのは、絢人が由弦を過去へ誘うためのセールストーク。生半可な覚悟で過去は変えられやしないのだと。じゃあなんのためにここに来たのか。つい忘れそうになるけれど、絢人の言葉は「真実を探って」だった。

「………」

再び慧太に恋をして、こんなつらい思いを二度も経験し、それで得られる『真実』とはなんなのか。

由弦はスマホの応答ボタンをタップした。母からの電話が違う内容であればいい。あの人のことだから「ちょっと声を聞きたかっただけよ」とのんきに笑うかもしれないじゃないか。

一縷《いちる》の望みを捨てきれないまま、由弦はスマホを耳に押し当てた。

慧太のスマホに、母からニューヨークへ呼ばれたので急遽《きゅうきょ》行ってくるとのメッセージを残したものの、どうしてだか出国までに一度も連絡を取り合えなかった。

ニューヨークでたちどころに仕事が決まり、打ち合わせと挨拶回りに引っ張り回され、訳が分からなくても周囲に言われたとおりにJビザを申請して、スケジュールをこなす毎日。突然始まった慣れない土地での生活で、由弦は疲弊《ひへい》していた。

大学は卒業したければとりあえず休学すればいい、今は創作活動に専念すべきだと助言され、濁流みたいな運命の波に攫《さら》われる。

そうこうしているうちに慧太のスマホは圏外・電源オフのアナウンスに切り替わり、以降、一度も繋がることはなかった。このあと、慧太のスマホは解約されたからだ。

ほんの少し日本を離れた間に慧太に何があったのかいっさい分からないまま、由弦はそのとき連絡が付いた絢人に詳細を訊ねるしかなかった。

『慧太は実家の仕事に追われてます。慧太のお父さんが工房で作業中に倒れて……いつ復帰できるか分からない状況です。立て続けにドイツや海外の展覧会とか大きな仕事が入ってるらしくて穴を開けるわけにいかないから、慧太は大学をしばらく休学することになりました』

うことも。
二回生に進級するための条件を満たせるかどうかは、戻ってきてからのがんばり次第だとい

ガラス工房には姉を含めて数人の職人もいる。絢人の話では、その残った者全員で助け合い、不在の父の分を埋めなければならないらしい。いずれ跡を継ぐ決意はあったにせよ、まだ十代の慧太には突然降りかかった重責だったに違いない。

でも「父が倒れてたいへんなんだ」と、どうしてひと言も連絡をくれなかったのか——そう思ってしまう。

忙しくてそれどころじゃなかったのかもしれないが、ニューヨークと東京という物理的な距離も相まって、慧太に何があったのか何も見えずにずっと心配で不安だった。

『……だって、慧太が連絡しなかったのは……由弦先輩と別れるつもりだからです』

絢人の言葉は一言一句違《たが》わず、二年前と同じだ——耳にスマホを押し当てて、由弦は絢人の言葉を聞いた。何度聞いても同じ強さで胸を抉られ、血の気が引いて耳鳴りがする。

「……別れるって……?」

『色恋にかまけて腑抜けてる場合じゃないって目が覚めたんですよ、慧太は。慧太から連絡のひとつもないことが、答えのすべてじゃないですか』

最後に会った日、夜遅くまで抱き合って寝落ちして、翌朝、慧太は工房での仕事のために由弦の部屋から慌てて家に帰った。だからその別れ際、ちゃんと慧太の顔を見ていなかった。明

ていない。

日も明後日も、その先も、変わらず会えると思っていたからだ。なのにあれ以来、声すら聞いていない。

『工房で家族や職人のみんなと仕事をしているうちに慧太は我に返ったんです。ここを守って継承していくことを第一に考えなきゃって。仕事から得られるもの、大学で学べること、慧太にとってはどちらも将来に必要なんです。由弦さんとの関係は、将来に関わるすべてにおいて建設的じゃないって……』

結局、どれだけあがいても、過去と同じ終着点に向かうだけ。

「慧太が……そう言った……？」

しばしの沈黙が流れ、『はい』と肯定の声が耳に届いた。

『帰国したときに慧太と直接話したかったら、僕が慧太にとりつぎますから』

慧太を捕まえて話せば、何か変わるだろうか。

いや、別れるという結末が変わらないなら、絢人に今言われた言葉を慧太の口からもう一度聞くことになるだけ。

「……慧太は、会ってくれるかな……」

力の入らない独り言みたいなつぶやきに、『どうですかね……』と絢人の声は少し面倒くさそうに聞こえた。

『あと、慧太のお母さんは、慧太は由弦先輩と遊びだしてから変わったって言ってたけど……

慧太が今すごくがんばってるからほっとしてるようでした』

いい報告、みたいな声色で告げられた。

反芻すれば、もう関わらないでやってほしい、と暗に言われているも同然だ。

『直接会って話をしても、お互いつらい思いをするだけですよね……』

慧太がそういう決断をしたのならそれは仕方ないが、こんな一方的に連絡を絶つようなことをするだろうか。別れるという選択をするにしても、慧太はちゃんと直接会って、別れる理由とさよならを言いそうな気がするのだ。何か連絡ができなくなった抜き差しならない理由があったのではないだろうか。

当時はショックのあまり告げられた事実を受けとめるだけで精いっぱいだったが、絢人との通話を終えて、そのことが頭に引っかかった。

つらつらと考えていたけれど、こんなふうにどうしても悪あがきをしようとする往生際の悪い自分に気付いて、切ない笑いがこぼれた。

どういう展開が待っているのか、一度経験した自分の人生だから大筋は分かっている。

慧太との別れはつらすぎたから、このあたりの記憶が少し薄れていた。さっぱり忘れていた部分もたぶんにあった。

人間は自分の心を守るために、あまりにもストレスを覚えるつらいことがあると、記憶を消したり改ざんしたりして生きていくらしい。実際、慧太に一方的に連絡を絶たれて別れた事実は忘れていないものの、絢人から告げられた内容などはどこかぼんやりしていたのだ。

ノンケはマジョリティに戻るのはもはや当然ともいえる法則で、黙ってフェードアウトするのが慧太の答えだと、当時も最後は納得するしかなかった。会わずに終わることを直接傷つけないための優しさだとはさすがに思えなかったけれど。

――ハタチにもならない若い男が選ぶ結末ならこんなもんか……。

そう思って嘘でも笑わないと、とても立っていられなかったのだ。

失恋しようがなんだろうが、夜が終われば朝は来て、アラームが『仕事へ行け』と鳴り響く。ふて寝して過ごし、仕事をなくすのは簡単だ。すぐにでも日本へ帰ることができるだろう。しかし動き出してしまった仕事はすでに、由弦ひとりのものではなくなっていた。それに母の顔を潰すわけにいかない。それが義務感でも今は手と足を動かし続けるしかない、そうしなければならないのだといいきかせて、やるしかなかった。

パラパラ漫画から繋がった仕事は日本に帰国する暇さえないほどスケジューリングされ、ビジネス英会話レッスン、会食、パーティーと隙間さえない毎日だったおかげで、失恋に浸る間もほとんどなかった。

でもふとした瞬間、ベッドに入って眠りにつくまでのまどろみや、バスタブに座り込んでシャワーを頭から浴びているときに、気付けば慧太との思い出を引っ張り出している。

そんなときは自分を慰める。不思議なことに、絢人からの電話の内容は記憶から薄れていくのに、慧太とのセックスは克明《こくめい》に思い出せた。

大学を休学するのではなく退学する決意をしたのは自然な流れだった。


真夏に始まった慧太との蜜月はおよそ二カ月で終わった。

明確なさよならがなかったせいか、夢でも見ているような気分だ。

退学届を提出するために大学を訪れた日、日本を離れる前はまだ緑が多かった街路樹はすっかり秋色になっていた。

足元の落ち葉を見下ろしながら、パラパラ漫画のネタを考える。幾重にも折り重なった落ち葉を掻き分けると冬支度でせっせとエサを集めているリスがいて……なんてとっかかりはどうだろう。

新しく契約したスマホを取り出して頭に浮かんだものをメモ書きしておく。

ニューヨークへ渡った最初の頃の慌ただしさは幾分落ち着いて、創作活動に自分のペースで取り組めるようになった。描いている間、物語を組み立ててそれをペン先に落とし込む作業に集中するから、つらいことを忘れていられるのは助けになった。

慧太はまだ休学しているのだろうか。誰にも連絡をしないでここへ来て、退学の手続きの際もお世話になったゼミの教授らに挨拶してそのまま去るつもりでいる。

学生課へ必要書類を提出、受理され、ひととおりの手続きは終わった。あとは退学証明書を郵送してもらうだけだ。

退学することにはなったが、もともと希望していた内容に近い仕事に就けた。イベント企画や制作の裏方的な仕事をしたいなと思っていたのが、まさかメインの作品を任されるとは思ってもみなかったけれど。

アウトドアサークルの部室――S214教室の鍵を開けて中に入る。

慧太と最初に出会った場所だ。このドアのところから現れたときの慧太をはっきりと覚えている。

キャンプのテント、バーベキューなどの用具一式、折りたたみ椅子、外遊び用のボールやラケット。アウトドア情報誌、地図、パソコン。スプリングのよくないソファ。

この部屋に慧太との思い出はそう多くないはずなのに、慧太とのことしか思い出せない。

教室のいちばんうしろに個人用ロッカーが並んでいる。手荷物やバッグぐらいしか入らないくらいの大きさのやつだ。

そこに置いたままだった私物を袋に入れて、ふたつ横の『小田切』と手書き文字のロッカーを見遣《みや》った。

今日来たことをもちろん慧太にも知らせてもらっていない。本人にさよならは言いたくないし、言われたくない。

慧太のロッカーの前へ移動する。ためらいを覚えつつ由弦が取っ手を引くと、鍵がかかっていない扉は開いた。

着替え用のTシャツとスポーツウエアのハーフパンツが入っているだけのそこに、由弦は今日解約したマンションから持ってきたものをバッグから取り出した。

慧太がくれたステンドグラスの万華鏡。

持っていればつらくなる。かといってこれはゴミには捨てられない。慧太の手によって生み出された作品だからだ。

プレゼントした思い出の品を返されても困るに違いないが、他の誰かにあげたりする気にもなれず、どれだけ考えても慧太に返すことしか思いつかなかった。決別に納得したんだなと、そう受け取ってくれて構わない。

「ごめん……」

これを見た瞬間は慧太がいやな気分になるだろうけれど、想いを込めた作品を別れた男に持たれているよりマシではないだろうか。

慧太を責める気はない。実家の仕事と家族のことを考えて、遅かれ早かれ慧太は同じ決断をしただろうと思うからだ。自分のニューヨーク行きも、大学での慧太の今後に煩《わずら》わしさを残さないだろうし、いいタイミングだったように感じる。

慧太のロッカーの中に万華鏡を置こうとしたとき、目測を誤って上縁に筒の端がガツンッ、と当たり、その拍子に手から滑り落ちた。

あっ、と声を上げたときには、下にたまたま積んであったバーベキュー用のレンガに直撃して……。

ぱしん、と短い破裂音で、それはあっという間の出来事だった。

咲き誇る花、宇宙の星、雪の結晶――そういう軌跡を形作っていた色とりどりのオブジェクトも、外筒のステンドグラスもそのほとんどが床に砕け散っている。

「――……」

驚きとショックで混濁した頭で、足元に散らばるガラスの細片、剥き出しになった三面の鏡を茫然と見下ろした。

こんなに脆《もろ》いものだとは。

陽の光を受けて、ガラスの破片はきらきらと輝いている。

終わった思い出が、砕けてもなおこんなふうに美しいガラスに宿って輝き続けるなら、それはそれでいいような気もした。

やっぱり、好きになったことを後悔はしない。

タイムリープして、もう一度慧太に恋をした。どんなに抗っても惹かれるのはとめようがなくて、恋をしないではいられなかったから。あんなふうに好きだったんだと思い出し、慧太の心の声を聞けたのも嬉しかった。

口に出す以上に、心の中で「好き」と繰り返して。あれは偽りない、慧太の心の声だった。

足元に散ったオブジェクトに手を伸ばそうと屈《かが》んだところで、由弦は目を奪われた。レースガラスやカラーガラスに混じって、ボタンがひとつ。見た瞬間は、誰かの服のボタンが落ちているのだと思った。

指で摘まみ、左の手のひらにのせてはっとする。これは由弦のシャツのボタンだ。

本物の巻貝で作られたミルクベージュで、光に当たると淡いピンクや薄いブルーに煌めく。

「……これ……」

たしかキャンプのときだった。由弦のとれかけたシャツのボタンを、慧太が欲しがって。

——この二番目のボタンは俺が貰ってもいいですか？　綺麗なボタンを見ると、万華鏡のオブジェクトにいいなって集めちゃうんですよ。

慧太はあのとき、「由弦さんの第二ボタン」と小さな声で呟いていた。二番目のボタンというのは、ハートとか想いとか大切な人とか、昔から恋心の象徴とされているものだ。

慧太は万華鏡にかならず『核』と呼ぶメインのオブジェクトを入れるのだと言っていた。それは作品に込める思いやテーマ、意味なのだと。

ガラスの細片に混じって、シェルボタンがたったひとつだけ。

「……これが、核……？」

慧太はプレゼントしてくれたとき、秘密だからと『核』が何かをおしえてくれなかった。

この万華鏡のオブジェクトセルは色模様がついているせいで外側から中身が見えない構造で、こんなふうに割れでもしないかぎりは『核』がどれなのか覗けなかったのだ。

誰にも見つからないようにそっと万華鏡に隠して覗いたとき、光の曼荼羅模様の中で、恋心も輝いていたのだろうか。花や星や雪模様の四季を一緒に過ごすことを、これを創ったとき少しは思ってくれたのだろうか。

じわりと視界が滲む。結局、過去は変えられず、恋の終わりを見届けて、いったい何が真実なのか。

そのとき人の話し声が聞こえて、由弦は俯けていた顔を上げた。

部室に繋がる廊下のほうから、絢人くーん、と名前を呼ぶ女の子の声がする。サークルのメンバーだ。

きっとここへやってくる。しかし今出れば鉢合わせだ。誰にも会いたくない。

出入口は前方と後方にふたつ。声の方向からしても普通は前方から入ってくる。

手のひらの上のシェルボタンを、由弦はそのままぎゅっと握った。

後方に駆け、鍵を開ける。前方のドアが開いたら同時に出ればいい。あとはかどを曲がれば階段だ。

どきどきしながら、床に散らかしてしまった万華鏡のガラスを見遣った。

仕方ない。絢人が見れば慧太が創った万華鏡だと気付くかもしれないが、知らん顔で片付けてくれることを願うしかない。

足音が近付く。前方のドアのほうから「ほら、やっぱ開いてるよ」と話し声が聞こえたのと同時に、由弦は部室を飛び出した。


階段を下りる、下りる、下りる。

なのに地上に着かない。

ここはどこだ。

「由弦先輩」

声のしたほうへ振り返ると、階段に絢人が立っていた。

絢人が階段を一段ずつ下りてくる。

「退学するんですね。准《じゅん》教授から聞きました」

これは過去だろうか、現実だろうか——と頭の隅で考える。

「ニューヨークで働くって……すごいなぁ。僕だったら無理」

「……絢人……」

「握手、してください。最後かもしれないし」

絢人が右手を出してくる。由弦はそれを無言で見下ろした。

触れたら、絢人の心の声を聞くことになる。

由弦は絢人の目を凝視した。絢人はにこりと微笑む。

下ろしていた右手をゆっくり上げ、差し出された絢人の手を掴んだ。

キン、と鋭い金属音のような耳鳴りがする。

「慧太はずっとドイツにいるんです。展覧会の仕事で」

【ドイツに着いてすぐにスマホは盗難に遭《あ》ったんだ。慧太は昔使ってた携帯に残ってたアドレス帳から、僕に連絡してきた。盗まれたスマホにしか登録してなかった由弦先輩には、電話できなかったから】

語りかけてくるような絢人の心の声は続く。由弦は絢人の手をしっかりと握った。

【伝えたいことは僕に頼めばいいって慧太は安易に考えてた。ほんとは、由弦先輩に連絡してって、慧太から頼まれたんだ。帰ったら会いに行くから待ってて、って伝言を預かったけど】

「由弦先輩に……話してなかったですね」

それは、慧太が今ドイツにいることだろうか。それとも慧太の伝言を、わざと、伝えなかったことだろうか。

「……絢人……？」

「もう少しあっちにいて、年内に帰国できるんじゃないかな。だから進級のための単位は、無事に取得できると思います。留年を免《まぬが》れそうだって、慧太の家族も安心してました」

【それに、由弦さんに出会ってから慧太が変わったって、お母さんが忌《い》み嫌っているニュアンスで伝えたけれど……本当は、いい方向に変わってよかったって意味だった】

「……どうして……？　どうして話してくれなかったんだ」

思わずこぼれた疑問の声に、絢人は目を大きくしている。

「由弦先輩こそ……どうして訊かなかったんですか。慧太を待てばいいのに待たなかったのはどうして？　結局は、慧太を信じてなかったんですよ。周囲の目を気にして、どうせノンケはマジョリティに戻るって思ってる。慧太に、自分の将来と守らなきゃならないものがあるからアンタはいらないって言われるのが怖くて、自信がなくて、訊くのが怖かっただけでしょう？それを僕だけのせいにするの？」

【意気地なしになんか、盗られたくない】

そして絢人が静かに微笑むのを、由弦は茫然と見ていた。

「僕が、ずっと慧太の傍にいますから」

さようなら、と絢人の手がほどけるのと同時に足下の床が抜けて、由弦の身体は支えを失い暗闇の中を落下していった――……。

＊＊＊＊＊

「由弦先輩」

呼ばれて薄く目を開く。

横臥《おうが》したベッドからの景色は、ニューヨークの自室のものだ。

ゆっくりと瞬いて、しんと静かな部屋をぼんやりと眺めた。時刻は午前六時。あと一時間もすれば夜が明ける。

頭の中をさまざまなものが去来《きょらい》して、身体が動かない。言葉を発せない。

軽いショック状態で、現状と、ついさっきまでいた世界を理解するのに精いっぱいだ。

「……ふ……」

身体全体が緊張でこわばっていたのが、少し落ち着いてきた。

手の痺れを覚え、ふと左手を見た。ぎゅっと力強く握りしめたままのこぶしをそっと開くと、手のひらの真ん中にミルクベージュのシェルボタンがひとつ。

涙がぼろりとこぼれ、鼻根《びこん》と蟀谷を伝い、枕に染みこんでいく。

「由弦先輩……」

手で顔を覆い、意味なんかないと分かっているけれど、あふれてくる涙を隠した。

「……なんなの、マジで。最後の真実を俺に伝えたいだけなら、わざわざタイムリープさせなくたって」

「でもそれじゃあ、だめなんだもの」

絢人の声はすぐ傍で聞こえる。

「あれからもう二年も経ってしまって。でももう一度、由弦先輩には慧太に恋をしてほしかったんだ。ちゃんと全部、きのうのことみたいに思い出して、取り戻してほしくて」

「そんなの今更……二年も前に終わってる」

「終わってないですよ。由弦先輩の手の中にあるでしょ?」

盗られまいとでもするように握っている左のこぶしを、ふっと風が撫でた。

「……ただのボタンだ」

「由弦先輩は……慧太への想いをあのとき、返せなかったんだ」

持ち帰った恋心の証《あかし》が、手の中にある。

「どうして今頃になって絢人が、そんなことを望むんだ?　俺と慧太がだめになればいいって思ってたんだろ?　だから慧太の伝言をお前は俺に伝えなかったんだ。それなのになんで」

絢人を責めながら、心の奥がじくじくと痛む。

本当は分かっている。絢人だけが悪いわけではないと。絢人が最後に言ったように、ちょっと連絡がつかなくなっただけで、たいへんな状況にあることを相談してくれなかったというだけで慧太の想いすべてを疑って、未来を信じないで、いつかさよならを突き付けられるのが怖かったから、慧太のせいにして逃げたのだ。

「由弦先輩……ごめんね。僕は自分勝手で、今頃になって、由弦先輩に謝りたくてここへ来たんだ。由弦先輩が真実をすべて知ってからじゃないと話通じないだろうし、ただ僕が謝って終わりじゃ意味ないし」

「謝って終わりじゃないのかよ」

「大切なものを取り戻すのはこれからです、由弦先輩。どんなに後悔しても、過去はやり直せないんだ絶対に。でも、大切なことに気付いた今なら、したいように動ける。過去の後悔を、由弦先輩が今から取り戻すんです」

「どういうこと？」

言われている内容がいまいち呑み込めず、目頭に残っていた涙を拭ったら、ベッドの傍に座ってこちらを見守る絢人がいた。

「……今から、日本へ向かってください」

「は？」

「慧太に、会いに行って。お願い」

急すぎるお願いに困惑する。

「慧太は、由弦先輩がいなくなったのは自分のせいだと思ってる。慧太のお父さんが倒れたことで工房がたいへんな状況になって、由弦先輩に連絡取ろうとしたら手遅れで、スマホもマンションも解約されてた。あと、大学で変なビラがまかれたり噂話がはびこったの、慧太と付き合う寸前までいった女の子がやったことだったんだ。そういうのもあって、傷ついた由弦先輩が全部捨てて大学やめて、みんなの前から消えたんだって……」

絢人はもう一度、「ごめんなさい……」と項垂れた。

「僕は、逃げるくらいの気持ちの人に、慧太を絶対渡すもんかって。……でも結局、慧太をすごく傷つけたし、じゃあ後釜《あとがま》には僕が……とは、とても、できませんでした」

ベッドにひたいをのせて、握りしめている絢人のこぶしに、由弦は手を伸ばした。ホログラムみたいに実態がないから指先はすり抜けてシーツに触れるけれど、絢人の温もりはそこに感じる。

「慧太は、いつか由弦先輩に会えるんだって信じて待ってる。万華鏡の大切な部分を由弦先輩がまだ持ってるかもしれないからって」

由弦は左手のシェルボタンに目線を落とした。

夜明けの光を受けて、きらりと光っている。

「僕は慧太になんにも、ヒントすらあげずに今日まで来てしまったんです。だって本当のことを話せば、僕は死ぬほど嫌われる。嫌われるのが怖くて、何ひとつ……慧太に話せなかった。臆病なのは僕なんだ。由弦先輩のことを責める権利なんてないよ」

「だからどうして……今それを話してくれてんの？　絢人……お前さ……」

——本当はもう、この世にいないんじゃないのか？

疑問を声にする前に、柔らかにさす陽の中を絢人がゆらりと立ち上がった。

ミルクベージュの光に、絢人の身体が溶けていく。

「絢人……」

由弦の声だけが響いて、いつもの自分の部屋の景色がそこにあるだけだった。

日本に着いてスーツケースだけホテルに預け、携帯番号は分からないからその足で慧太の実家へ向かった。

実家の玄関前を通り過ぎ、裏のガラス工芸工房のほうへ回る。人の姿は見当たらない。

また行き違いで、どこか海外へ出てるのかも……？

「あ……今日、火曜か」

時差とフライトで曜日の感覚がズレていた。

たしかガラス工房は火曜が休みだった。引き返して実家の呼び鈴を鳴らしてみるも、応答はない。旅行、工房のメンテ中……考えられる可能性はいくらでもある。

「どうしよう……」

勢いで直行便に乗り、着いたはいいが、ホテルをどうにか取っただけであとはなんの考えもなく来てしまった。

スマホは二年前に解約したときにアドレス帳のデータをいっさい残さなかったため、大学時代の知り合いも連絡の取りようがない。噂話から姿を消したと思っているに違いないサークルの後輩たちには顔を合わせづらいし、慧太が在学しているところで目立つ行動は避けたい。大学の学生課へ行ってみようかとも考えたけれど、個人情報の扱いが厳しい今、かつて在籍した学生だろうとおしえてはくれないだろう。

無計画さに途方に暮れる。ふと、慧太と絢人は近所の幼なじみだと言っていたことを思い出した。

絢人も大学三年になっているはずだ。

ニューヨークの由弦の部屋に現れた絢人の様子からして、現在どういう状況なのかも気になる。

「……手当たり次第……」

幸い周囲にマンションなどの集合住宅はなく戸建《こだ》てばかり。表札を見て回れば、どうにか運良く見つけられないだろうか。

四の五の言ってられない。寒風吹きすさぶ中、由弦はマフラーをしっかりと巻き直し、よし、と気合いで頷いて覚悟を決めた。慧太の家の右側からしらみ潰しだ。

「不審者で通報されませんように」

デザイン表札など読み取りにくいし、門から遠い位置にかけてあったりでだいぶ苦労し、ようやく『関』の文字に辿りついたときは「あった！」と声を上げてしまった。

ひと所に『関』姓がそう何人もいるはずないと信じて呼び鈴を鳴らすと、出てきたのは絢人の母親だった。

由弦は絢人の母親とともに病院のエレベーターの中にいる。由弦たちを乗せて上昇していく箱とは反対に、気持ちはどんどん下降した。

指定した階に停まり、静かなフロアに足を踏み入れる。

病棟は西と東に分かれており、西の自動ドアの前に立った。中にいる看護師とはインターフォンで繋がり、そちら側から開けてもらわなければ入れない。

やがてガラス扉が左右に開いた。応対に出てきた看護師に面会に来た旨を伝えて、面会者用の用紙に記名する。

「………」

そこに『小田切慧太』の文字を見つけて、どきりと胸が鳴った。ずいぶん上のほうだ。いるだろうか。もういないかもしれない。

慧太に会いたいという逸る気持ちもあるけれど、別の気がかりが頭の中を占めている。いくつか病室の前を通り過ぎ、絢人の母親に「ここです」と促されてドアをノックする。

返事はない。

返事はないのが、そこに絢人がいる証なのかもしれないと思うと切なくなった。

短時間の面会の許可が下り、談話室で待つという絢人の母親に会釈して、横引きの扉を開け中に入るとベッドに横たわる絢人がいた。

「……絢人？」

心電図、脈波、呼吸波などが表示されているモニターがあり、酸素マスクをつけた絢人は静かに眠っている。

表情をくるくる変える絢人しか見たことがなくて、ぎゅっと胸が締め付けられた。

絢人の母親の説明では事故に遭って昏睡《こんすい》状態に陥《おちい》り、もうひと月近くになるらしい。

二年ぶりに会うはずなのに、タイムリープしていたためか、ニューヨークで姿を見たせいなのか、ついさっきまで話していたような妙な感じがする。

「絢人……来たよ」

昏睡状態で意識がなくても人が話している内容は理解していると、何かで聞いたことがあった。

「ニューヨークまで来てくれたんだよな？　あれは……たんなる夢じゃないよな？　お前が知らせに来てくれたから、決意できたよ。慧太が今、どんなふうに思っていても、俺はそれをちゃんと受けとめるし、慧太を信じないで逃げたことを……ちゃんと謝るつもり。だから……絢人も目を覚まして」

顔には事故の傷など見当たらなくて、ただ眠っているように見える。

「あれは……こんなふうになって、後悔したまま死にきれないって意味だったんだな」

タイムリープするのはどうしてもいやだと言われたら、僕は死んでも死にきれない——そんなことを絢人は言っていた。

「お前が死んだら、俺は幸せになれないから。ちゃんと生きて、戻って来い」

絢人も、こうなってからしか真実を伝えるために動けなかったことをすごく後悔しただろう。しかし逃げたのは自分だと思うから、絢人を責める気持ちは今まったくなくてここにいる。

「怒ってないし」

怒ってるに違いないと恐れているならかわいそうだ。

「慧太、午前中は来てたみたいなのに……どこ行ったんだろ。またすれ違いかな。だったら会えるまでずっと待つけどさ。仕事はまぁ……どうにかなるし、インターネットはワールドワイドに繋がってるからな」

とはいえ。午前中はいたかもしれないが、海外の仕事に出た直後……なんてことはないだろうか。会える展開しか想定していなかった自分はばかだ。

「慧太……今日会えるのかな……」

愚痴《ぐち》のような独り言を漏らして、ため息をついた。

大慌てでスーツケースに荷物を詰め、マンションを飛び出してから十四時間のフライト。いつもはもう少しゆったりな行動だから少し疲れた。

面会者用の椅子を絢人の傍に持ってきて座ろうとしたとき、慌ただしい足音と「お静かにー」との看護師らしき声が聞こえて、由弦はドアのほうを振り向いた。

ドアが開くのと同時に病室に飛び込んできたのは――……。

「……け……いた」

息を切らし、大きく肩を揺らす姿を見てどきりとする。記憶の中の慧太より、ずいぶん身体つきがたくましくなって、男前の顔には精悍《せいかん》さが増していた。

「ゆ、由弦さんっ……！」

飛びつかれそうな勢いに驚き、思わず直立して後退する。

「あ……」

由弦が気圧《けお》されたような表情で数歩下がったので、慧太は手が届く寸前で足をとめた。

「……お、落ち着いて……病院、だし、絢人が寝てるし」

「絢人の、お母さんに聞いて。由弦さんが尋ねて来たって」

「うん……」

ばくばくと心臓が激しく動悸している。ちらりと慧太を見て視線が絡むと、慧太はこちらを凝視して目をそらしてくれない。

「由弦さんっ……俺……！」

「ま、待って、待って」

一歩一歩、距離が縮む。慧太の鬼気迫る表情に、もうこれ以上「とまれ！」とは言えないと怖《お》じ気づいたときだった。

背後で「うう……」と声がして、ベッドのほうに向き直った。

絢人の目が開いている。眉間にいくつも縦皺《たてじわ》を寄せて、酸素マスクの奥でもう一度「ううう」と呻《うめ》いていた。

「あ、絢人！　気が付いたのか？」

「絢人っ？」

慧太もベッドに駆け寄り、ふたりで絢人の名を呼ぶと、絢人の眸がこちらに向く。

ふたりまとめて睨まれているような気がして、慧太も由弦も思わず絶句した。

「あ、あや、と……」

すると絢人のいっぱいに開いた目から大粒の涙がぽろりとこぼれた。それを追いかけるようにまたひとつ、またひとつと溢れ出す。蟀谷へとうとうと流れる涙を茫然と見守ってしまう。

「慧太……慧太、先生を呼んで来い……」

「え？」

「早く！」

慧太が病室を飛び出した。

絢人が閉じた眦《まなじり》からも涙を流し続けるのを、由弦は指で拭ってやった。

「そんなに泣くなよ、絢人……。よかった、目が覚めて。今度は俺が、起こしてやれたな」

由弦が笑うと、絢人もほんの少しだけ、笑ったような気がした。


絢人が処置を受けている間に、知らせを聞いた慧太の母と姉も病院に駆けつけた。

慧太の父は一年のリハビリを経て少しずつ仕事に復帰しているらしく、現場指揮をしたりとだいぶ元気になったとのことだ。

慧太の家族との久しぶりの再会にしばし浸っている間、絢人はさまざまな検査を受けるらしく、絢人の母はそちらに付き添っている。

「慧太はあなたのおかげで、仕事に対する考え方も姿勢も変わったんですよ」

慧太の母はにこりと微笑んで、姉の絵里奈がその隣で「ほんとほんと」と頷いた。

「俺は何も……」

「私たちがそれを感じてるから、いいの。大学で勉強して、帰ってきたら遅くまで工房の手伝いをしてくれて。昔はどこか『家業だから』っていう理由付けでしか動いてなかったけど、今は違うものね」

慧太は無言でむすりとしている。人前で親から褒められるのはどうも具合が悪いらしく、愛想笑いすらない。

「なんかね、恋してるキラキラッ、みたいな作品多いしね。由弦さん、なんか聞いてない？」

絵里奈の恥ずかしさマックスの問いに、さすがの慧太も「いいかげんにしろよ」と口を挟んだ。

「もうそろそろふたりとも帰れば……検査が何時に終わるか分からないし」

「あら、わたしたちだって絢人くんの顔を見たいわよ」

慧太がこちらをちらりと窺ってくる。「由弦さんとふたりで話したい」と大きく書いてあるみたいな顔で、由弦は困って目を逸らすしかない。

リアルで再会したのがついさっきで、慧太とはまだほとんど話をしていない。ずっと連絡すら取っていなかったのを、どうやら家族は知らないようだ。

「で、さっきの話だけど、慧太って自分のことぜんぜん話さないのよ。わたしの恋愛話には口を挟むくせに」

どう答えていいのか分かりかねて、ぎこちなく笑ってごまかしていると、検査がすんでストレッチャーに横たわった状態で絢人が母親とともに戻ってきた。

「絢人」

声をかけると自ら酸素マスクをずらして、か細い声ながらも「由弦先輩」「慧太」と名前を呼んでくれたから驚いた。絢人はうっすら微笑んでいる。

「話せるのか?」

脇にいた看護師に「検査で疲れてますから、少しだけ」と言葉をかけられた。

「由弦先輩と、慧太と、話したい」

絢人の要望で病室に三人が残り、慧太の家族はそのまま帰ることになった。

看護師があとの処置をほどこし、「十分程度にしてくださいね」と言い残して病室を出ていく。

ベッドに横たわる絢人の右側に由弦が、左側に慧太が立った。

「話すのつらかったら無理しなくていいから」

「大丈夫、です」

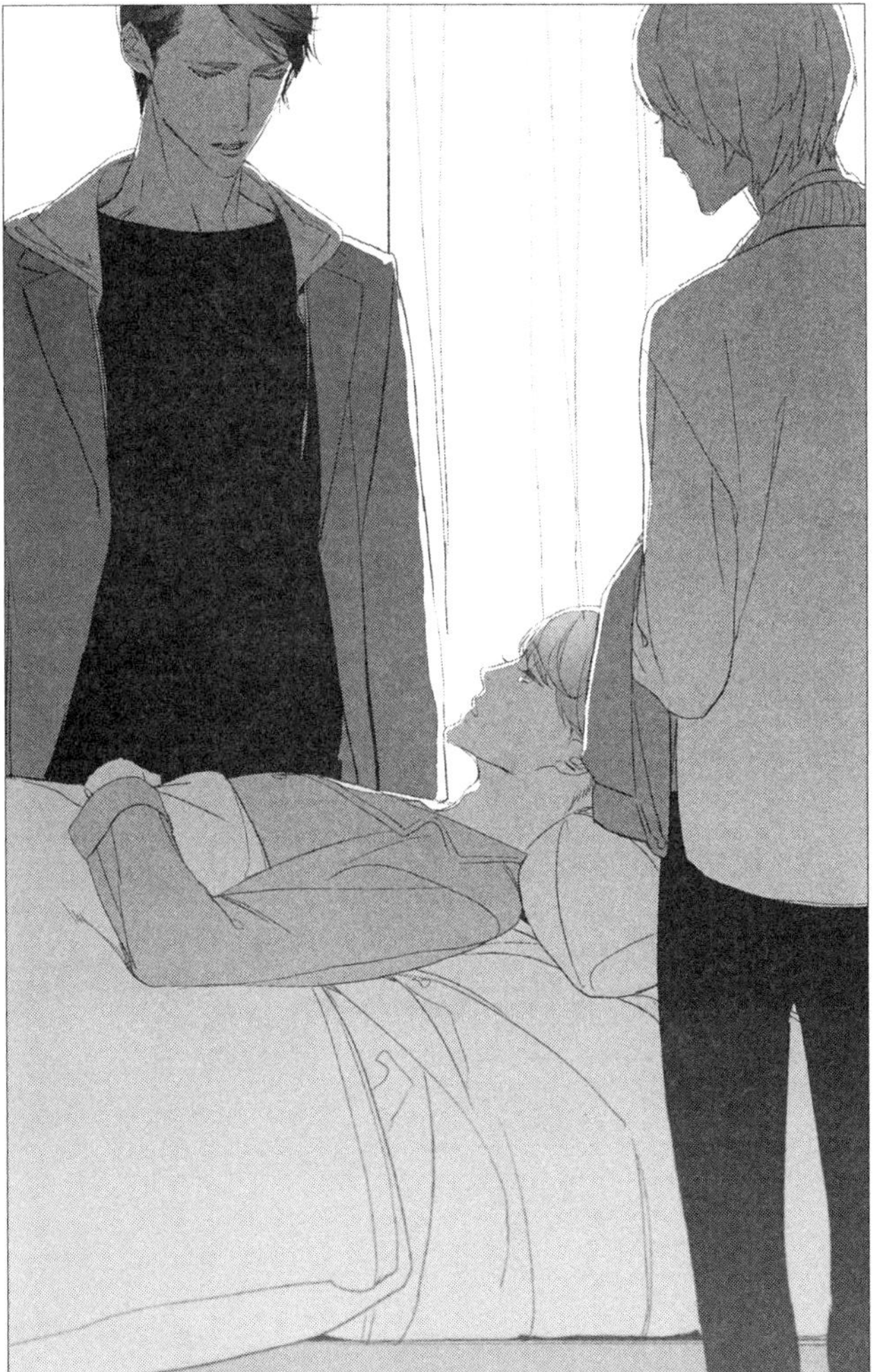

酸素マスクを外すと絢人は一度瞼を閉じ、ゆっくりと開いた。何か話し始める気配があり、絢人の言葉をふたりは静かに待つ。

「由弦先輩も、慧太も……お帰りなさい」

慧太も――そこに引っかかって、由弦は「え？」と問い返した。由弦はニューヨークから駆けつけたので、「お帰りなさい」でもおかしくないが。

「ふたりとも、タイムリープから戻って、ここへ来てくれて……ありがとう」

「ふたりとも？」

慧太の問いに、絢人は「うん、ふたりとも」と繰り返した。

慧太の目線がこちらに向いて、由弦は唖然とそれを見つめ返すことしかできない。

「ふたりは同時に、同じところに、タイムリープしてたんだよ」

絢人の言葉がいまいち呑み込めない。それは慧太も同様で、口を薄くひらいたまま絢人の顔を見下ろしている。

「ふたりは、過去に戻って……もう一度、恋をしていた」

絢人はゆっくりと目を閉じて、ふぅ……とため息とも安堵ともとれるものを吐き出した。

「同じ場所で出会って、惹かれあって、恋をしたんだ。だからふたりとも、会うのは二年ぶりなのに、ちっともそんなかんじがしないでしょう？　あっちで、過去の世界で、再会してるからだよ」

絢人の説明は奇怪すぎて頷けないけれど、慧太ともう一度見つめ合ったら、胸が切なくぎゅっと絞られた。遠い思い出じゃなくて、好きな人と向き合ったときに身体中がわっと沸くような感覚に襲われる。

「慧太も……由弦さんも？」

「……タイムリープしてたのか？」

互いに、うん、と頷き、「ええ？」と返して、なんとなく笑ってしまう。

「ほんとに？　そんなことってありえんの？　っていうか、そもそもタイムリープが現実的じゃないいんだけど」

「え……何、じゃあ……」

しどろもどろになって、何から話せばいいのか、どこから確認したらいいのかさっぱり分からない。

「ふたりとも、ここで細かく確認するのはやめてくんない？　さすがに、きつい、です」

真ん中に置かれた絢人が顰め面になっている。ふたりで同時に「ごめん」と謝ると、絢人はますます困った顔をして最後は苦笑いになった。

「寝転んだままで申し訳ないですけど……由弦先輩も、慧太も、ほんとにごめんなさい。こんなふうに死にそうになってから慌てて、真実を話すなんて、僕は卑怯だね。責められるだけのことをしたし、もう二度と顔も見たくないって言われても仕方ないよ。その覚悟はあります」

目を閉じて、もう一度「本当にごめんなさい」と繰り返した。

「慧太に話すチャンスはいくらでもあったのに、黙っていればいるほど、嫌われるのが怖くなって。僕は自分のために、由弦先輩を悪者にして、ふたりの時間を、二年もとめてしまった」

「話してくれて、こうして会えたからいいよ」

由弦が言うと、絢人は頑なに首を振る。

「ふたりがタイムリープして、もう一度恋をしても、現実に戻ったとき……どうなのかなって不安だった……。ふたりの気持ちがあの頃のまま、今も続いてるならいいなって思ってるから。本当に。幸せに、なってほしいです」

閉じた絢人の瞼からまた涙が溢れるから、「泣くなって」とそれを拭ってやった。

「取り返すよ、ちゃんと。今から」

慧太がそう言い切って、外していた酸素マスクを絢人の口元に付けてやると、「いっぱい喋って疲れただろ」と絢人に微笑む。

「また明日、大学行く前に寄るから。ゆっくり休んで。お母さんもそこで待ってる。安心させてやれよ」

慧太の言葉に絢人は目を閉じて頷いた。酸素マスクの向こうで、「ありがとう」とこちらに向かって口を動かすのが分かって、由弦も頷きを返して病室を出た。

こっそり、慧太の横顔を見る。彫刻みたいに美しい造形に表面は滑《なめ》らかでひんやりとして見え、触り心地が良さそうだ。

「……何？」

「あ、いや……なんか、ちょっと……どう接していいのか、分からないというか……」

二年ぶりの再会のはずなのに、ひと月ぶりくらいの感覚かもしれない。

あの頃より逞しくなった身体や大人びた顔つきにどきどきしてしまう。考えてみれば最後に会ったとき慧太はまだ十代だったたし、大人の男への成長著しい年頃だ。

ふたりはどこに行きようもなくて、由弦が宿泊する予定のホテルのエレベーターの中にいる。レストランで食事もありえないし、バーで一杯もおかしい――じゃあどうする、となったとき「取ってるホテルの部屋……？」と提案してすぐに由弦はいったんは引っ込めた。だっていきなりなんだかいろいろと生々しくて、慧太も一瞬、驚いた顔をしたからだ。

「ま、間違った、今のナシ」と取り消したけれど「行こう」と手を掴まれて、病院前にいたタクシーに押し込まれて今に至る。

戸惑いを隠せないまま、エレベーターは宿泊階に停止し、慧太に「どうぞ」と促されて降りるしかなかった。

フロントに預けておいたスーツケースが部屋に運び入れてあって、それを除け、今度は由弦が「どうぞ」と慧太を招き入れる番だ。

「おじゃまします」と足を踏み入れた慧太に、間髪《かんはつ》を容《い》れず、腕をひと掴みにして引き寄せられた。

「け……いた」

「ひとりだった？」

「えっ？」

「離れてた二年の間、ひとりだったかって訊いてんの」

一瞬、目が泳いだ。付き合った人はいなかったものの、慧太を忘れるために他の人と恋愛するべきかと考えて試そうとしたことはあったのだ。恋愛以前の問題で、キスすらなかったものの、言い寄られたり口説かれたりは何度かあった。あっちの人はとても積極的で、由弦がほとほと閉口する場面もあったくらいで。

「何、この間《ま》！」

「ない、ないよ。ないけど。慧太にふられたと思ってたから……でも、そういうのはない」

「何、そういうのって。どういうのならあるんだよ」

「ごはんとか、飲みには行ったこととかは、ある」

慧太はぴくぴくと頬を引き攣《つ》らせている。これは……初めて見る表情だけれど、たぶんすごく怒ってる。

「俺は……待ってたよ。待ってた。信じてた。万華鏡の『核』を持って行っただろ」

シェルボタンのことだ。いけないことだと、とても責められているかんじがして、由弦は唇を歪めて頷いた。

「絢人が……部室に散らばってた万華鏡を全部拾って、俺に持ってきてくれたんだ」

「……絢人が？」

「由弦さんが退学したとき俺はドイツにいたから。帰国してすぐに、渡された」

絢人はあの万華鏡は、慧太が創ったものだとすぐに分かったに違いない。捨ててしまうこともできただろうに、絢人はそうできなかったのだ。慧太の創ったものを、絢人が捨てきれるはずがない。

「最初、壊れた万華鏡を見たとき……これが由弦さんの答えなのかって、ショックで、悲しくて、ひどいやり方だって腹が立ったんだ。でも……入れたはずの『核』がないって気付いた。ボタンだったから、絢人がオブジェクトじゃないだろうって、拾い損ねたのかもとも思ったよ。だけど、信じたかったんだ。由弦さんが本当は俺のことを想うがゆえに身を引いたとかで、気持ちがこもった万華鏡の『核』を、意図的に抜き取ったんじゃないかって」

「わざと壊したわけじゃない……」

ぼそりと告げると、慧太はちょっと笑って、由弦の髪をそっと撫でた。

「わざと壊したなんて思ってない。物を創るやつは、捨てたり壊したり、絶対にそんなことできないだろ」

慧太の顔を見上げれば、甘い微笑みがそこにある。

由弦はポケットの中を探って、指先に触れた物を取り出し、慧太の手のひらにのせた。

「慧太の気持ちを……信じなくて、ごめん。勝手に自爆して、逃げ出して、慧太を傷つけたのは俺だ。絢人がタイムリープさせてくれなかったら……って思うと、怖いよ。慧太のことを永遠に失ってたかもしれない」

「俺は死ぬまで永遠に待つつもりだったよ、とは……言えないかな」

慧太は切なげに笑うと「でも……」と言葉を続けた。

「でもまだ、もうちょっと待とう、もしかしたらどこかで会えるかもしれないって、ずっと思ってた。俺の気持ちはいつまでも同じところに残ったままなのに、由弦さんがいてもいなくても毎日は変わらず普通に続いて、それが切なかった。だからって、もういいやってできなくて。由弦さん以外に、心持っていかれるような人いなかったし」

優しく微笑む慧太は、二年前よりやっぱりちょっと大人になっている気がする。

「放してしまった由弦さんの手が、どこかの知らない誰かともう繋がってたらって……こうやって俺がここで待っても意味なんかないんじゃないかって思ったこともあったよ。強くまっすぐ、由弦さんを待てた日ばかりじゃなかった」

切なく潤む慧太の眸は、自分を想って濡れるのかと思うと体温が上がる。

由弦は、慧太の両頬に手を添えて眸を合わせ、愛しいとの情熱をこめて見つめた。

「慧太の……気持ちを、もう一度俺にくれないかな。慧太の万華鏡が欲しい。慧太の気持ちがこもったこの世にたったひとつの万華鏡が」

今度は壊さないようにするから、と付け加えると、慧太は「二週間ほど、時間をください」とシェルボタンを掲げて言った。


慧太の手はガラスを扱うものの証で、あちこちに小さな火傷《やけど》の痕《あと》や切り傷がある。

顔をじっと観察すると、右の眉の端が短くなっているような気も。

「そっちの眉尻は燃えた」

「燃えた？」

「髪がちょっと燃えることもあるよ」

「怖すぎ」

親指で慧太の眉を撫でる。慧太はくすぐったいのか、「ふふ」と笑った。

「そろそろ、キスしませんか」

ベッドの上で、向き合って、慧太の身体をチェックすることについ夢中になってしまった。だって本当にかっこいいのだ。肩や胸が逞しく張って、もうそこに、十代の頃の慧太の面影は残っていない。

「なんか……エロい」

「エロい？　身体が？」

「うん……すごいことされそう。俺なんかインドアからインドアってかんじで」

「あー……由弦さんがニューヨークで何やってたのかも気になるけど、それはまたあとで」

慧太が瞼をそろりと下ろしながら、由弦に顔を近付ける。由弦も同じように目を閉じて、慧太のキスを唇に受けた。

愛してる、と呟くようなキスに、愛してるよ、と啄《ついば》んで返す。

慧太の舌が歯の隙間を割って滑り込んで舌先が触れ合ったとき、背筋がぞくぞくと震えた。

「慧太……慧太、好き」

言葉にして、思い出した。

「タイムリープしてるとき……聞こえてた？」

「……何が？」

きょとんと問い返されて、これは……と由弦は口ごもった。

「俺は……慧太の『好き好き愛してる』って心の声が、いつも聞こえてたような気がしてた、なっ

弦だけだったのかもしれない。

て」

「それ、自分の声だったんじゃないの？」

慧太の返しに、由弦は「そうかもね」と笑った。

慧太には、こっちの心の声は届いていなかったのか——慧太の心の声が聞こえてたのは、由弦だけだったのかもしれない。

絢人は「手で触れた相手の心の声が聞こえる力を分けてあげます」と言っていた。由弦の帰りをひたすら待っていた慧太の想いを絢人はもう知っていたから、何も知らずに消えた由弦に、その力を分けたのだろう。

どれほどに慧太が由弦を想っていたか。口に出す言葉より饒舌に、素直に叫ぶ愛の言葉を、由弦に聞かせるために。

絢人のことはちっとも恨んでいない。むしろ、こんなばかな自分を過去に連れて行ってくれて、ここへ導いてくれたことに感謝している。

「よかった……慧太が、待っててくれていて」

噛み締めるように呟く由弦の唇を、慧太が甘く優しく塞いだ。

受け入れるための準備にはずいぶん時間がかかった。

気持ちではタイムリープで再会しているけれど、身体は別れてから二年経っている。

「年、取ったな、俺」

「そういうことじゃなく」

ごめんと謝ると、慧太は「二年分ほぐすために触れるからいい」と笑ってくれる。

「んっ……」

じわっと身体の奥から響く何かを感じて、由弦は小さく鼻を鳴らした。

後孔に受け入れた指がゆるゆると胡桃を擽って、快感を引きだそうとしている。

「……そこ……いい、かも……」

「もう少し、弄ってもいい？」

うん、と頷いて、なるだけ身体の力を抜こうと心がけた。

リラックスさせようと、慧太はいろいろとお喋りしてくれる。二年の間にいくつか小さな賞を受賞したことや、父の件で大学院へ進むのを一度は諦めかけたが、院のガラス造形を専攻する決意をしているということも。

さっきは「あとで」と言われたけれど、由弦も自分について話した。

動画化されたパラパラ漫画が今度日本でも紹介されることや、そうやって動画化されて世界中に一斉配信されても、やっぱり指でパラパラと捲るアナログの、紙の本が大好きなんだってことも。

「んーっ……」

気遣う優しい男に微笑みながら、首を横に振った。

「痛い?」

「そこ……もっと、揉んでみて」

お願いすると埋められた指二本を横に細かくスライドさせ、ぐ、ぐ、と揉み込まれる。

「……あー……あぁ……、慧太……」

慧太が肩を抱き寄せてきて、首筋を唇で愛撫し、少しずつ深度を上げて後孔を抉ってくる。

由弦の声が甘く響きだすと、大胆に、スピードを付けて。

「けぃ……たっ」

「気持ちいい?」

ひくひくと喉を反らして悶えるのを慧太の強い腕の力で押さえ込まれると、ときめいてますます昂る。

「あぁっ、あぁ、……けーたっ、あっ、ん、んっ」

久しぶりの刺激で上に逃げようとする身体を逞しい腕で組み敷かれ、指を深く突き挿れられて、由弦は嬌声《きょうせい》を響かせた。その唇をキスで塞がれながら、慧太の背中に両腕を巻き付けてしがみつく。

「……っ、ん……ふっ、ぅん、ん」

甘えた鼻声を途切れ途切れに漏らし、慧太の指の動きに合わせて由弦は腰をくねらせた。

「……っあ、……んっ、慧太、あっ……」

オイルを纏った指でぐしゅぐしゅと音を響かせてほぐされ続けた窄まりは、もう柔らかくとろけている。

「慧太……慧太を、挿れて」

慧太は興奮したような表情もあらわに、由弦の身体を大きく開かせた。

「前からは、きつい？」

こんな場面でもまだ気遣おうとする男に、由弦は切ない声で「大丈夫だから、早く」とねだった。

慧太と繋がるために自ら少し腰を浮かせて、位置を合わせる。

「慧太……あ、そこ……そのまま、入っ……」

硬く張った先端が由弦の窄まりにずぶりと潜り込み、ほんの少し繋がった瞬間、由弦は内腿を震わせて身体をこわばらせた。やっと慧太と繋がった、その感動だけでイきそうになる。

「由弦さん……息して？」

ふっ、ふっ、と軽くパニックになっている由弦に慧太は優しく、顔のあちこちにキスをして宥めてくれた。

「……びっくりした？」

「だってなんか、デカいんだもん。成長しすぎ」

まだ少し震えている由弦をよしよしと抱きしめて、落ち着くのを待ってくれている。

「まだ先っぽなんだけど。ほんとに大丈夫かな……」

「もっと、挿れていい」

慧太の臀部を両脚で引き寄せて、由弦も腰を浮かせた。呼吸を合わせて、慧太のペニスを呑み込んでいく。

「あっ……ああっ……はぁ、はぁっ、……はぁ……」

ついに奥まで入ったのが身体の重なり具合で感じられて、由弦は嬉しくて慧太の唇を吸った。舌を絡ませ合いながら腰を揺らして、慧太を誘う。

「慧太……腰、振って、ゆっくり」

「……もう我慢できない」

え？　と問う間もなく、急激な揺さぶりが始まった。

最奥に嵌め、大きくグラインドされる。雁首《かりくび》まで硬い陰茎《いんけい》が浅い位置から深いところへくまなくスライドされて、由弦はあられもなく喜悦の声を上げた。

「慧太ぁっ……や、だっ、ああっ、はぁっ、んんっ……」

「ごめん。させて」

寸前まで我慢してる様子じゃなかったから遮二無二《しゃにむに》されて驚いたけれど、由弦がよがっているのを確認しての「ごめん」だ。

ひとしきり掻き回されて、慧太が由弦に抱きついてとまった。慧太も荒い呼吸を、由弦の首元に押しつけている。

「いきなり、はげし……」

「感じてた。中が、痙攣してた」

「んんんぅ」

慧太の言うとおりで、「やだ」なんて言った手前なんだかちょっと悔しくて、由弦は慧太の肩口にひたいをすり寄せた。

休む間もなくまたゆったり、大きく揺すられる。

「んううっ……！」

「このまま擦ったら、イきそう？」

自分の内壁が快感に痙攣しているのが分かる。ぴたりと隙間なく埋まる慧太の陰茎にも伝わっている。

じゅぷ、じゅぷ、と音を立てて抽挿され、内襞が慧太に絡まっていやらしく蠕動《ぜんどう》するのを感じ、つま先がきつく突っ張った。

「イく……それイくから……慧太っ」

「俺も、イくよ……。イって」

脚を抱え上げられ、由弦がいちばん快感を覚える深さと角度と強さで、慧太の硬茎に蹂躙される。突き込まれ、捏ねられ、息の仕方を忘れるくらいの気持ちよさに頭の芯が痺れて、由弦は声も出せずに激しく絶頂した。

陶然としながらも、身体の深いところで慧太の熱が爆《は》ぜるのを感じる。えも言われぬ幸福感の中、慧太のすべてを受けとめきった頃には頭が真っ白になっていた。

ほんの短い間、気を失っていたらしい。

「由弦さん……？　大丈夫？」

優しく問う声の主を見つけ、その首に両腕を巻き付けて甘えながら頷く。

「ここ、現実……？」

「え？」

「……また、タイムリープ……したんじゃないかって」

慧太は「ふふふ」と笑って、「現実です」と由弦の唇を啄んだ。

キスをほどいて、見つめ合って、またくちづける。

「好き……好きだよ、由弦さん」

心の声じゃなく、慧太の口から紡《つむ》ぎ出される言葉。いつも声にしなくても、その顔に書いてあるような気がしていた。そんな慧太のことが、かわいくて愛おしくて大好きだった。

「俺も……慧太が好き」

「由弦さんが創るものも好きだ。二年の間に、たくさん描いただろうし見せてほしいな」

「新しいものを描くよ、慧太のために。慧太にむかしあげた『カレイドスコープ』は、世界中の子供たちや恋人たちがたくさん手にしてくれたから」

「世界中？　子供たち？　恋人たち？」

慧太はまだ知らない。慧太に想いを寄せて創ったパラパラ漫画が、世界中の町や雑貨店やインテリアショップから旅立ち、幸せの笑顔を生んできたことを。

もうあれは慧太だけの物語じゃなくなってしまったけれど。

俺たちの幸せがどこかの知らない誰かに繋がっていくんだねと、慧太はきっと嬉しそうに笑ってくれるだろう。

どうしようもない恋

好きな人が、恋に落ちる瞬間を見たことがある。


「教科書を譲ってもらう、慧太」

ドアの陰に立つ慧太の腕を引っ張って、ふたりが顔を合わせたとき。

空気がきゅっと縮んだような、それは他人の緊張がこちらに伝わるのに似た感覚だった。

たちまちのうちに周辺の温度がわずかに上昇する。

「……で、こちらが、同じ芸術学科三年の由弦先輩」

敏感でないと気付かないかもしれない。だけど絢人には伝わった。慧太を好きだから、うぶ毛を揺らす程度の機微《きび》を感じ取った。

慧太は茫然としたような顔で、目の前の先輩に文字どおり釘付けになっている。

「……はじめまして」

慧太がようやく会釈すると、由弦先輩も挨拶を返す。ただそれだけの行動さえ、ふたりともいつもと少し様子が違って見えた。

人の目線というのは上滑《うわすべ》りしたり、そっととどまったり、興味があるなしに大きく影響して動くものだ。黒目に力を込めているのかも、よく見ていたら分かる。

慧太と由弦先輩は目線が深く絡んで、互いにほどこうにもほどけない、気になって逸らせない、そんなどうしようもない引力みたいなものが働いているように映った。

この一瞬に、ふたりは恋に落ちていたのだ。本人たちはそれに気付いていなかったかもしれないけれど。

道筋のついた砂地を水が流れるみたいに、すでに想いの行き先は決まっていた。


そう遠くない将来、ふたりが互いの想いを認めて求め合うことを予感したのに、恋が始まってそのときを迎えるまでの間、横で見ているしかなかった。

——あのときもこれからも、僕は友だちの皮を被った傍観者《ぼうかんしゃ》。

たとえこの想いがすでに当人に伝わっていても、明確な言葉にはしない。生涯、告げない。

胸の真ん中に慧太への恋心を置いたまま、いつか誰かと新しい恋をする。

置きっぱなしで一生を終えるのかもしれないし、別の誰かがそれを蹴散らして、そこにすぽんと収まってくれるのかもしれない。

そんなの間違ってると言う人もいるだろうけど、自分にも、誰にも、神様にだってそれを咎めることはできないのだ。

——恋って、なんてどうしようもないものなんだろう。

雪が降り出しそうな鈍色《にびいろ》の空を病室のベッドから眺めて、絢人は切なく絞られる胸を慰めるように真ん中の辺りをそっと撫でた。

Don´t disturb

ホテルの部屋はとりあえず二泊で押さえていたのを、もう一泊延長した。ニューヨークでの仕事があるし、たいしたフォローもできずに来てしまったから明日には日本を発《た》たなければならない。

もう少ししたらクリスマス、そして年越し。その間に自分の誕生日を挟むし、できれば慧太といっときも離れず過ごしたい。それを叶えるためひとまずニューヨークに戻るのだといいきかせて、航空券も手配した。

その先のことはまだ何も考えきれない。仕事、お互いの家族についても。慧太はまだ学生だし大学院へ進むつもりだと話していた。遠距離が続くことだけは見えていて、簡単じゃない案件ばかり……だけど今は後回しにする。

きのう慧太が大学へ行ったあとに絢人のところへ顔を出し、ホテルに戻ってきてからは一歩も外へ出ていない。

由弦が三、四日程度の日本滞在だと知って、慧太の家族は「最後の一日くらいは仕事をお休みしていいわよ」と気を使ってくれたらしく、それを聞いたら申し訳ない思いでいっぱいになった。

「由弦さんが二年ぶりの帰国で、東京の新スポットを観光でもしてると思ってるかな」

「まさか自分の息子がこんな……」

ホテルの部屋から、というより、ベッドからほとんど動いていないとは考えもしないだろう。

ごめんなさい、という気持ちもあるけれど、許してほしい。

複雑な心境の由弦と横臥して見交わす慧太の顔は、日がな一日真っ裸《まっぱだか》で男と抱きあってますけど何か？　とでもいうように開き直って映る。

「だってしょうがないよ。また明日から遠距離なんてさ……」

「クリスマスにこっちに来るから。そのまま年明けの三日まで日本で過ごせたらなって算段してる」

「でもその休みが終わったら、あっちに戻るんだよな」

子供が逆らうみたいにぼやいて、しゅんとしたかと思うと今度は「ごめん」と謝ってきた。

「わがままで困らせる気はないいんだ」

年下の男、という武器を振りかざしてもちっとも構わないのだけど、慧太としてはそれはあまりしたくないのだろう。察して由弦は「ううん」とだけ答えた。

「慧太」

慧太の薄い頬を、黒い髪を、愛しい想いで撫でる。よしよし、なかんじにはならないように指先で触れると、慧太は少しくすぐったそうにした。

短い睫毛も、ちょっと足りない眉もかわいい。由弦に弄られるたびに睫毛がぱしぱしと瞬くので、ぐっと腹の底からどうしようもない何かが溢れ出してくる。

「あぁもう、くっそかわ」

年下力を極力使わないようにしている男に対してあんまり「かわいい」なんて言っちゃいけないと我慢していたのに、とうとう声に出してしまった。

「かわいい……？　他の人には言われたことない……」

「あー、まぁ、そうだろうな。こんな男前に使う形容詞じゃないってのは分かるけど」

たしか初めてのとき、真っ最中に想いが口を衝《つ》いてしまい、それが慧太は年上にからかわれているみたいに感じたようだった。だから、なるべく言わないように、と思っていたのだ。

慧太も内心では何度も由弦のことを「かわいい」と呟いていた。でも心の声をこっそり聞いてしまったから知っているわけで、慧太は直接それを口に出していない。きっと年上の由弦が、言われて嬉しい言葉ではないはずと考えているからだろう。

お互いがそう思っているのに言葉にしないのは損だ。

かっこいいとか悪いとか、そんなに重要か？　なんて言ったら、年下の彼氏からは「同じ男なのに男心を分かってない」と怒られそう。

「だって慧太かわいいんだよ、なんかマジで。年下だからとか、そんなの関係なく。めっちゃ男前で、身体のあちこちから迸る大人の男のフェロモンすごくて、俺はへろへろの骨抜きになってるって言っていいくらいに惚《ほ》れてるよ。でもかわいいもんはかわいいんだよ」

正直、とろとろのめろめろだ。

あんまり「かわいい」を連発したので、慧太は複雑な顔をしている。

「慧太は？　俺のことどう思ってんの？　どんなふうに好きなんだよ」

「え……どんなふう……」

口説き文句なんて考えたこともなさそうな男が、うんと困っているのも、かわいい。

慧太はしばし悩んだあと、由弦と目を合わせた。

「……サラダに添えてあるドレッシングの蓋《ふた》をちゃんと開けられないところとか、シャンプーのあとコンディショナーをするつもりがまたシャンプーのポンプを押しちゃったり、ドンディスカードじゃなくて掃除してくださいのプレート出しててルームクリーニングの人が入ってきそうになったり。案外ぶきっちょで、まぬけなとこ……かわいい」

「お前それ、最後に『かわいい』ってつければなんとかなると思ってるだろ」

「ほら、由弦さんだってそうやって文句言う」

全部、このホテルで過ごした時間の中で由弦がやらかしたことだ。

ルームサービスを頼んで食事したあとのソファで、身体を洗うために入ったシャワールームで、くすっと笑える失敗談ととろけるようなセックスの記憶が頭の中に混在している。

ぼんやり思い返していたら、慧太に頬を撫でられて目線を上げた。

「あの頃も、今も、俺の気持ちは変わってないんだなって……タイムリープしたからよく分かった。由弦さんが俺のすることで笑ってくれたり、喜んでくれたり、そういうのが嬉しい。こっち向いてほしくて、どうにかして近付きたくて、それは今でも変わらない」

戯れのついでじゃなくて、あらためて慧太なりの言葉にしてくれた。慧太のこういうまじめなところも好きだ。もう心の声を聞くことはできないけれど、彼の本心だと信じられる。

そういえばタイムリープしている間、慧太も『過去の慧太』の中にいたのだろうか。

『過去の由弦』の中にいたのは、今の由弦だった。

慧太もそうだろうと思っていたけれど、もしかするとどこからか俯瞰していたのだろうか。

だってタイムリープしている間、慧太の心の声を聞いていたのだ。慧太の初々《ういうい》しい反応を反芻すれば、あの当時の慧太だったとしか思えない。

ふと浮かんだ疑問を慧太に問うと、慧太は「うーん」と唸《うな》った。

「基本、俺は『俺』の中にいて、じっと『過去の自分』の言動を見守ってたかんじかな。そうしてろって絢人に言われたから。でもときどき、どうしようもなく感情が突っ走って、今の俺の想いを口走ってたこともあったよ。居酒屋のふすま閉めて、告《こく》ったときなんかは完全に今の俺だった」

――どうしたって俺たち、恋しちゃうんだよ。

たしか、慧太はあそこでそう言っていた。

「……あぁ……言われてみれば……」

「あの頃とおんなじように好きになって、由弦さんが欲しい、って言ったんだ」

「俺は……好きにならないようにしようって、あがいて、でもやっぱり無理だった」

恋心を閉じ込めようとするのが、あんなに苦しいことだとは知らずに。

そんなもろもろを思い出しながら、ふたりでつつきあって睦《むつ》み合った。

ベッドの中でいっとき戯れて、リネンはもうぐちゃぐちゃ。

「由弦さんが笑ったときの顔、柔らかで、好き。腕ん中で見ると、なんか……かわいいなって。これは前から思ってた」

「い、いや……その『かわいい』はちょっと恥ずかしいよ」

慧太の胸を押し返すと、「なんで？」という顔をしている。

「かわいい。これも」

くったりと萎《な》えているものを慧太に指先で擽られて、「おい」と軽く突っ込んだ。

今は完全にスリープモードでも、滞在中に慧太と抱きあって何度吐精したか分からない。もう出ない、と思うのに性懲《しょうこ》りもなく反応するから、呆れるのを通り越してすごいなと感心したほどだ。

「そりゃあ、慧太のブツほど立派じゃないよ」

「そういう意味じゃなくて」

「なんだよ」

半笑いのままむうっと唇を歪めると、慧太は目尻を下げて微笑んだ。

「素直に反応してくれるとこが、かわいい」

「くにくにすんな」

「こうして弄ってたら、すぐ硬くなる」

「当たり前だろ」

そこを優しく揉まれているうちに、下腹部にじんわりと熱いものが集まってくる。

「イかせると、すごく嬉しくて、幸せで、もっとずっとかわいがりたくなる。由弦さんの身体は俺に愛されて嬉しいんだなって伝わって、俺も満たされる」

「身体だけじゃないよ」

男の頭と下半身は別物だってよくいうけど、少なくとも受け入れる側は違うと思う。

でも、慧太も自分と同じだって、信じてる。

「好きだ……慧太」

吐息の告白を、慧太の唇で塞がれて呑み込まれた。こうして自分の想いが、慧太の身体の中に入って、物理的に離れていてもずっと傍にいるんだと思いたい。

互いに同じ想いを込めて抱き合う。

「もう逃がさないから。由弦さんと距離は離れてても、今度は、好きって想いで繫がってる」

「逃げないよ。でも、分かってるんだけど……明日なんて来なきゃいいんだって……」

「由弦さん……今だけ、忘れて」

慧太のすっと高い鼻梁《びりょう》や唇で首筋を擽られて、熱く湿った呼気がこぼれた。

さっき慧太に素直だと言われたところは大きな手で包まれ、擦り上げられて、ゆるく開いた鈴口から透明な蜜を滴らせている。

「慧太……慧太……、あぁ……」

名前を呼ぶだけで、皮膚が、細胞までもが立ち上がるようだ。

指で後孔を探り、軽く道筋を確認して、すぐさま慧太が入ってくる。

「ふ、あっ……あぁっ……」

浅く、深く、優しく揺らされる。

激しい交わりじゃなく、ただひたすら愛されるような抱かれ方に頭の芯までとろける心地で、あっという間に忘我の境地に連れ去られてしまう。

耳朶をしゃぶりながら腰を使われて、慧太の背中に回した両手でしがみついた。ぐっと奥に嵌め込まれてそこを緩やかに掻き回される。開きっぱなしの口からあえかな声がとまらない。

「はぁっ……あ……けー、た、あぁ、あぁ……きもち、い……」

耳元で「俺も」と短く返されて、言葉は少ない代わりにやらしい腰使いで「もっとよくなって」と翻弄される。

「け……た、それ、だめっ……イ……っちゃう」

身体がおかしくなったのではないかというほど気持ちよすぎて、昂るあまりに泣き声になる。

「由弦さんの身体に、いっぱい跡を残したい。身体の中にも外にも、由弦さんは俺のだって、俺の匂いを……しるしをたくさんつけときたい。じゃないと……！」

なんにも、心配することなんてないのに。慧太のこんな独占欲は嬉しい。

心配させる気もないけれど。

「しるし、つけてっ……」

二の腕の内側にも、肘の裏側にも、胸の真ん中にも。外からは見つからない場所に唇で所有の跡を刻みながら、中はペニスでぐちゃぐちゃにされるのがよすぎて朦朧とする。

愛された証拠を残されたい。恋に浮かれてのぼせた腑抜けどもの戯れなんか、どうせ誰も見ちゃいないから。

最後の律動に全身を激しく揺さ振られ、由弦は甘い嬌声を上げた。

「由弦さ、んっ……奥に、んぅ……っ……！」

「いちばんっ……イく」

匂いを移すように、逞しく張った先端を奥壁に擦りつけながら射精される。そこで白濁が熱くしぶくたびに腰が跳ね、広がる悦楽に背筋がぞくぞくと震えた。

気持ちよすぎて死ぬかもしれない、と思うくらいの絶頂で、なかなか興奮が収まらない。

幸せで痺れた脳に、途方もない願望が巡る。

ホテルのこの部屋に入ったところから、何度もタイムリープでループできたらいいのに。

叶わないと知っているけれど、今だけは、誰も邪魔しないで。

Sweet Bathroom

一日は二十四時間。

ガラスを創っているとき以外で、時間が足りないと思ったことはなかった。

「もうすぐ、夜明けだな。あんまり寝てないけど、大丈夫？」

「どうせ眠れなかったし」

深夜になってもちっとも眠気はやってこなくて、ベッドの中で由弦と話などして過ごした。

俺は飛行機の中で寝られるけど、とこちらを気遣ってくれる由弦に「大丈夫」と微笑み返す。

朝が来たら、大学の授業と、そのあとに仕事がある。

このホテルを出るまでが、ふたりきりの時間。

夜明け前に、朝陽から身を隠すようにバスルームに逃げ込んだ。そんなのは意味ないと分かっているけれど、太陽が昇り、最後の夜を終わらせるのをしみじみと見ていたくなかったのだ。

「次に由弦さんがこっちに来たときに、あのシェルボタンを入れた新しい万華鏡を渡すよ」

「うん。楽しみにしてる」

耳朶、首筋、肘、手指の一本一本にも、触れていないところはもうないはずだけど、余すところなくスキャンして記録するみたいに身体の隅々まで辿っていく。

指先にはキスを。その指に指を絡めて引き寄せると、対面に座っていた由弦がバスタブの中を滑るようにやってきて、慧太の脚の間に収まった。

向かい合い、跨いで座ってもらうと密着できるからこの体勢は好きだ。

慧太の髪を濡れた手で梳く由弦の顔を間近に見つめる。視線が絡まると由弦の目がすうっと細くなって、優しい微笑みをくれた。

胸の奥にあるものがたちまち膨らむ。そこには仕舞いきれないほど想いが溢れて、湯が跳ねるのも構わず由弦を掻き抱《いだ》いた。それは由弦に対する愛おしさが大半で、不安や寂しさ、そういう処理できないものもくっついてる。

後頭部からうなじにかけて由弦が撫でてくれるのを感じながら、慧太は由弦の首筋に頬を寄せた。

「由弦さんと離れる前より、今のほうがもっと好きになってる気がする」

「……うん、分かる」

「おんなじ恋を二回したから、二倍になったんだ。きっと」

思いついたままを口にすると、由弦が耳元で「やっぱかわいい、慧太」と笑う。ここへ来てから何度も「かわいい」と言われまくったせいか、その言葉には慣れた。それに「愛しい」と同義語だってことも分かるからちょっと嬉しい。

顔を覗いて見つめ合うと由弦の眸が甘くとろけて、誘われるように軽く唇を合わせる。

すると由弦がうーんと唸って「困った」と呟いた。

「こんなふうに会って向こうに戻るたびに、毎回身体引き裂かれるみたいな気分になるのかな」

「それでも会いたい。痛くても会えないよりマシ」

由弦が少し切なげに「うん」と頷き、再び惹かれ合って唇を重ねた。

啄んでは、離れて、また薄い皮膚を擽る。

どちらからともなく、口を開いた。舌を舐め合って、ゆるく吸う。

「……最後……」

由弦の短い言葉を呑み込むように塞いで、右手をふたりの間に挿し込んだ。

湯の中で硬くなりかけたペニスを撫でて、陰嚢《いんのう》へ指先を伸ばす。そこを転がしながら揉むと、
耳元で由弦が熱く湿った吐息を漏らした。

その奥にある後孔にいきなり指二本をねじ込んでも、柔らかに迎え入れてくれる。何度も慧
太を享受《きょうじゅ》して、悦びもあらわに震えていた場所。

「んぅっ、んっ……」

由弦がいつも背筋をこわばらせて内腿に鳥肌を立てるほど感じるところを、指の腹で執拗《しつよう》に
擦ってやる。

「け……たっ……」

首筋にぎゅっとしがみついてくる由弦の頬に宥めるようなキスをすると、由弦は「いや」と
首を振る。

「して」

「でも……これからフライトで、きつくない？　指でも」

「気持ちいいけど、イけるけど……やだ。したい。慧太だって」

硬く屹立したものを掴まれて、腰を浮かせた由弦の秘孔へ誘われる。

「由弦さっ……、あ、あっ……」

抵抗もなく雁首が柔らかな窄まりに呑まれ、そのあまりの気持ちよさに思わず声を出してしまった。

内襞が纏わり付いてくるところに、にゅるりとすべてを沈められる。呆気なく繋がって、奔放に動く由弦にしばらく身を任せていたけれど、今日はこれが最後だと思うとじっとしていられなくなった。

場所を入れ替わって、タイルの壁に背を預けさせ、脚を抱えて下から突き上げる。バスタブの湯が波立ち、跳ねても溢れても構わずに。ひとしきり擦り上げて引き抜き、快感で痙攣している状態のところに今度は背後から挿入した。

とろとろにとろけきった後孔に根元まで沈めれば、陰茎にねっとりと絡みついてくる。視覚的にも興奮して夢中で抽挿すると、溶けてしまうと思うほどの気持ちよさで頭の芯が痺れた。

「慧太っ……」

振り向いた由弦とキスをしながら、深く繋がったまま腰を揺らす。

太陽の存在なんか無視した密室であともう少しだけ、甘い幸せにのぼせていたい。

あとがき

ダリア文庫様でははじめまして、川琴ゆい華です。このたびは『恋廻《こいめぐ》り』をお手に取っていただき、ありがとうございます。

今作はタイムリープでしたが、お楽しみいただけましたでしょうか。

プロットをいくつか提出したとき、これは題材が題材だけにどうかなーと思ったのですが、書かせてくださったダリアさんに感謝申し上げます！

『恋廻り』というタイトルは、恋をもう一度なぞり廻るタイムリープを意味しています。その鉄則として「過去は変えられない」と作中に何度か出てきますが、そういう運命だから、ではなくて、結局は好きだから抗えないいんですね。


さて、タイムリープというわけで。

「過去に戻って変えられるものなら変えたい！」と思うことはありますか？

わたしは今のところないかなぁ。そこそこ生きてきたので、「最悪」と嘆くほど失敗したことも、いっそ思い出すのもいやなくらいの出来事もありましたが、その前後にはいいことがありました。過去を変えるというのは、今持ってるものを失ってもいい、ってことになるかなとも思いますし。自分で勝手にいい思い出と結びつけているだけ、相殺されているだけかもしれませんけどね。でもその「いいこと」を捨ててもかまわない、と覚悟できるほどの不幸だったとは思えないんですよね。失敗や後悔が糧になっていることもたくさんあります。プラマイされて最後はプラスで（と思い込むこと含めて）、「ラッキー！」「けっこう幸せ！」と言えたらいいかなと思います。みなさまにもわたしにも、残念なことがあったあとにはいいことがありますように！　いいことがいいことを連れてきますように！

ストーリーとは直接関係のない話題で、すみません。

今回の初稿に入る直前に、取材をかねて近所のガラス工房へ行ってきました。

万華鏡とミルフィオリのペンダントトップをつくったのですが、体験は楽しいですね。

プラスチックパーツの万華鏡と見比べるとガラスのオブジェクトは輝きがぜんぜん違います。模様がついたオリジナルのガラス細片でキラキラ感や透明感がアップして、のぞき穴の向こうに広がる曼荼羅模様の中に吸い込まれてしまいそうな気分になります。

坩堝のメンテナンスに入る直前くらいの時期で、工房の方にそのあたりの話もお伺いしました。残念ながら吹きガラスの体験は時間がなくて断念したので、いつかちゃんとやりたいです。

バーナーのフレームワークもやったことあるんですが、そのときはとんぼ玉の飾りが付いたブックマークをつくりました。吹きガラス以外はどれも一時間くらいでできあがるので、お友だちとの思い出や記念にお揃いのものを手軽に作れていいと思います。……だんだんガラス屋さんみたいになってきました。（今回、作品の裏話やあれこれについてあまり多く語りたくないために、このような妙なあとがきになっております）

雰囲気あるイラストをつけてくださったのはyoco先生です。

カバーは甘く優しく、口絵はどこか胸苦しくなるような、どちらも映画のワンシーンみたいでドラマティックですよね。口絵はこれから読む方が見ると心がざわっとするでしょうし、書いてすべて知っているわたしが見てもどきどきします。色とりどりの万華鏡のオブジェクトがちりばめられたカバーも素敵ですし、中の挿絵を拝見するのが楽しみです。yoco先生、このたびはありがとうございました。

お世話になりました担当様。ダリアさんではじめての本ということで、いつも以上に緊張しております。……にもかかわらず、「こうしたい」みたいなことはあまり遠慮せず言ってしまうので、それが伝わっていないかもしれませんが。巻末にたくさん書かせてくださり、ありがとうございました。

さて最後になりました。この本のご感想をお聞かせいただけたらありがたいです。お手紙はもちろん嬉しいですが、ツイッターでもお気軽にお声掛けくださいませ。

またこうしてお目にかかれますように。

川琴ゆい華

お幸せに♥
yoco

初出一覧

ダリア文庫をお買い上げいただきましてありがとうございます。
この本を読んでのご意見・ご感想・ファンレターをお待ちしております。

〒173-8561　東京都板橋区弥生町78-3
(株)フロンティアワークス　ダリア編集部
感想係、または「川琴ゆい華先生」「yoco先生」係

恋廻り

2016年1月20日　第一刷発行

著　者

川琴ゆい華

発行者

及川 武

発行所

株式会社フロンティアワークス
〒173-8561　東京都板橋区弥生町78-3
営業　TEL 03-3972-0346
編集　TEL 03-3972-1445
http://www.fwinc.jp/daria/

印刷所

中央精版印刷株式会社